目录 Contents

辑一:《问》新诗选(2023)
Section I: from *The Asking*(2023)

在新年的清晨,我盘算着,还有何余力 / 003

铁皮 / 005

夏至 / 006

货单 / 008

今天,当我无事可做 / 011

带有巴西诗人费雷拉·古拉尔一块手表的诗篇 / 014

每个清晨都教我们赞美这无常的世界 / 016

两盏煤油灯 / 018

作为人类 / 020

五颗石子 / 022

"地图不会长出树。" / 024

熟食铺 / 025

宁静:一种分析 / 027

给扎加耶夫斯基的信 / 029

我再次走入我的生命 / 031

苔藓 / 034

我多么想 / 037

辑二：选自《账本》（2020）
Section II: from *Ledger*（2020）

别让他们说 / 043

碗 / 045

我渴望惊奇。/ 047

仿佛听见楼上有人挪动笨重的家具 / 050

水桶忘记它盛装的水 / 051

你在一间屋子睡去在另一间醒来 / 053

一种黑暗正在降临 / 055

词语 / 057

她嗅入那味道 / 058

念出抵御仇恨的咒语 / 059

在乌尔维克 / 061

干扰：一种分析 / 063

我的疑惑 / 066

我的知足 / 069

我的饥饿 / 070

我的自尊 / 071

我的眼镜 / 074

蓝鱼 / 076

杏仁，兔子 / 078

野火鸡 / 079

九颗石子 / 080

它们已经认定 / 084

轭 / 085

铁锈在风中剥落 / 086

兽皮 / 087

账本 / 089

（没有风，没有雨）/ 091

末日加扎勒 / 092

我的债 / 094

辑三：选自《美》（2015）
Section III: from *The Beauty*（2015）

我的骨骼 / 099

蚊子 / 102

我的记忆 / 104

一口水井用尽了口渴 / 105

照片上的脸一半在光里，一半在黑暗里 / 107

棉花命运 / 109

石英钟 / 110

我的生命刚好容纳我的生命 / 111

视角：一种分析 / 113

事物自动整理 / 115

在一间洗过蘑菇的厨房 / 117

不用拖把杆拖地 / 119

问题 / 120

雪中的椅子 / 122

如同路边不起眼的小洞有什么住在里面 / 124

一个人向命运抗议 / 126

我只要少许 / 128

普通感冒 / 130

白天，我打开灯 / 133

我何曾停止感谢世界殷勤的努力 / 134

未被选中的一个 / 137

2月29日 / 140

诸灵节 / 142

务必之鼠 / 144

作品 & 爱 / 146

零加上任何事物都是一个世界 / 149

正如两个负数乘以雨水 / 151

辑四：选自《来吧，小偷》（2011）
Section IV: from *Come, Thief* (2011)

卷云镶上第一道光 / 155

醋与油 / 157

舌头诉说寂寞 / 158

谈话 / 159

易腐品 / 160

第四世界 / 162

梨 / 163

阿兹海默 / 165

诺言 / 166

房屋与地震 / 168

两者都称为命运 / 169

8月的爱 / 170

海水使布料僵硬 / 171

影子：一种分析 / 172

黑面羊 / 175

至暗时刻 / 176

事物的两端 / 177

此刻 / 178

俳文：山间木船 / 179

来吧，小偷 / 180

短句 / 181

倘若真理是诱饵，人则为鱼 / 184

婚礼的祝福 / 185

十五颗石子 / 187

好人 / 193

鸡蛋意外冻住了，引我思考人生 / 194

三条腿布鲁斯 / 195

庞贝 / 196

我的运气 / 197

手保留其容纳或制造之物的形状 / 199

我光着身子跑进阳光 / 201

辑五：选自《之后》（2006）
Section V: from *After*（2006）

长久静默之后 / 205

神学 / 206

希望：一种分析 / 208

天空：一种分析 / 209

雾团 / 211

习惯的不代表会一直发生 / 212

狗与熊 / 214

瓜与昆虫的习作 / 215

替身 / 216

无限延长的不只是两条平行线 / 218

想象未来的自己 / 220

归宿 / 221

龙安寺：一种分析 / 222

致观点：一种分析 / 223

秋之热 / 226

狗依然在午夜吠叫 / 227

麻袋 / 228

一位僧人站在手推车旁 / 229

为了拖延我写下这些词 / 230

致荒芜 / 231

碧玉，长石，石英岩 / 234

要求更多吧，一个声音提议 / 235

致砂砾：一种分析 / 236

在物质世界与感性世界之间 / 238

死者不要我们死去 / 239

辑六：选自《加点糖，加点盐》(2001)
Section VI: from *Given Sugar, Given Salt* (2001)

使节 / 243

习惯 / 245

画谜 / 247

记梦簿 / 249

红洋葱，樱桃，水煮马铃薯，牛奶——/ 251

词形变化终于脱离语法掌控 / 252

林氏问题 / 253

一整晚,每当我即将开口 / 254

冷漠颂 / 256

松香 / 258

谎言 / 259

幸福没那么容易 / 260

整个夏天你试图应答 / 262

"碳基生物" / 264

山猫,甲虫,猫头鹰 / 265

如同蚂蚁搬运叶子的碎片或沙粒 / 266

天平以磅和盎司称量外部世界 / 268

骨头 / 270

石头 / 272

一个生命消磨了,另一个消磨我们 / 274

平衡 / 276

马蝇之于马 / 278

速度与圆熟 / 279

乐观论 / 280

五条腿的凳子 / 281

树 / 282

睡眠 / 283

轮回 / 288

辑七：选自《内心生活》（1997）

Section VII: from *The Lives of the Heart* (1997)

内心生活 / 293

心以一计数 / 296

全新的寂静 / 298

为月光所爱的世界 / 300

海滩上 / 301

静立的鹿 / 303

返始 / 305

无以名状的心 / 306

礼物 / 308

叶子 / 310

希望与爱 / 311

晚祷 / 313

心平气和 / 314

黑暗中的橘油 / 316

迈锡尼的四维柱床 / 318

钥匙 / 323

蜜蜂 / 324

酿酒葡萄 / 325

说谎 / 326

钟 / 327

一头白牛闪着光走入这世界的每一刻 / 328

湖水与枫树 / 330

一无所知 / 333

假如鱼升至水面 / 335

黎明前读中国诗 / 337

白窗帘在阳光和风中 / 339

绘经师 / 340

物质与精神 / 342

邀请新灵魂入住的咒语 / 343

每当幸福被狮子包围 / 345

我的生命被打开三次 / 346

辑八：选自《十月的宫殿》（1994）
Section VIII: from *The October Palace*（1994）

王国 / 349

每一步 / 351

基克拉泽斯雕像：弹奏竖琴的人（约公元前 3000 年）/ 353

婚礼 / 356

水仙：特拉维夫，巴格达，加州，1991 年 2 月 / 359

写给秋天的死者：选举日，1984 / 361

"感知即一种专注" / 363

地板 / 366

鹰啸 / 367

落地的梨子 / 369

一个可以破除的咒语 / 370

为塔玛佩斯山上的婚礼而作 / 372

催眠术 / 374

课业 / 376

在消逝中永存 / 378

坠落的甜蜜将我包围 / 379

小偷 / 381

水面之下 / 383

成熟 / 384

神明并不高大 / 386

心如折纸 / 388

人世之美 / 389

天堂之石 / 390

辑九：选自《重力与天使》（1988）与《阿赖耶》（1982）

Section IX: from *Of Gravity & Angels* (1988) and *Alaya* (1982)

在蓝色和金色的网中 / 395

召唤 / 396

听见坠落的世界 / 398

对话 / 399

缺乏激情的公正 / 400

穿红衣的女人 / 402

发情 / 403

饮 / 405

重力与天使 / 406

今夜数不尽的星 / 408

晚秋的黄昏 / 409

1983 年 10 月 20 日 / 410

阅读布莱希特 / 412

回忆一幅宋代山水 / 413

使我们相通的习惯 / 414

秋天的楹梓 / 416

童年,马,雨 / 417

摇篮曲 / 419

水流 / 423

那些中国诗 / 425

如盐 / 426

一切非你所是 / 427

冬至日,1973 / 428

以及 / 是的你在田野中 / 430

译后记 / 433

辑一：《问》新诗选（2023）

Section I: from *The Asking* (2023)

在新年的清晨,我盘算着,还有何余力

世界发出质询,它每日一问:
你还能创造什么,做什么,来改变我纵深的裂痕?

我盘算着,在新年的第一天,还剩下些什么。
我有一座山,一间厨房,两只手。

我可以用双眼欣赏那山,
它真实,坚不可摧,为石子洗牌,庇佑狐狸和甲虫。

可以烹煮黑眼豆和甘蓝菜。
可以用去年晚熟的红柿子,做布丁。
可以爬上人字梯,给轨道灯换灯泡。

多年以来,我每天睁眼首先面对山,
然后面对问题。

痛苦用新脚代替了旧脚,
始终出其不意。

我拿来盐,拿来油,为了回答。拿来甜茶,
拿来明信片和邮票。四年了,每一天,拿点什么来。

石头没有变成苹果。战争没有变成和平。
但快乐依旧快乐。亮片依旧闪光。词语继续亮晶晶
　地点缀,叫人迷惑。

今天,我醒来时没有答案。

而白天答复了我,仿佛从兜里掏出一个朋友的看
　法——

别为这堕落的世界感到绝望,时间还不到　至少它
　赠予你疑问

铁皮

我学了太多记住的太少。

但世界依然慷慨,持续奉上它的无花果和奶酪。

没关系,不用多久我就会全部偿还,

这世界,无花果。

成为存在之环中的一站并非无足轻重。

它无须像中央车站或海达尔帕夏车站[1]那样华丽。

机车库不必太高,瓦片搭建的屋顶下

窗子蒙着煤烟。铁皮屋也无妨。

一个谜,缠着铆钉和宝石锈的绷带。

无法隔绝冷热,如同这大地。

---

[1] 中央车站(Grand Central)位于美国纽约市;海达尔帕夏车站(Haydarpaşa Station)位于土耳其伊斯坦布尔。——译注,以下注释皆为译注的,不再一一标出。

夏至

地球在今天以一个角度倾斜,此后以另一个。

是的,哪怕一切都在改变,
今夜仍将凝视它的萤火虫,
继而漫入铺好的床,
灯光,爱人。

漫入冷和热的自来水。

别以为什么都是理所当然,
你一度那么丰裕,一个被蜇刺的宇宙。

鸟儿歌唱,青蛙歌唱,它们一日的担忧。
午夜之雨助长雷鸣。

假如日子一天比一天短,

黑暗的镜子则在拉长,

此增并非彼减。

货单[1]

老鹰，河流，城市，赭，我们。

一个物种用右手描绘它的左手
但画不出自己。

鲸。
地球同步卫星。
一辆盖着苫布的卡车正在运送成沓的苫布。

战争，饥饿，牢房，赞美，坐跌[2]，一语双关，
手机卡上的金属回路——
一切货物，货单，
　　　　　都在绕日公转

---

[1] 题目"货单"的英文词"manifest"也有"声明""表态"的含义。
[2] 坐跌（pratfall），喜剧表演中小丑惯用的一种故意摔倒的动作。

三百六十五天之每一天
外加零星的几个小时。

有的故事打着闪电蝴蝶结，
有的为乌云遮蔽，
在一个氮，氧，
二氧化碳，和充满尘埃的大气圈里，
冰山分崩离析，昆虫不再鸣唱，海平面上升。

面对那在劫难逃的，我说，
来吧，拿走属于你的。

但是，假如可以，请忽略
那不值得占有的事物，
比如正在结籽的杂草，
一些微不足道的时刻和手势。

老鼠色的时刻，多么渺小。
手势也没影响任何人，
它们从重大意义间溜走，
不参与一切的发生。

岩刻上一枚指印。

蜘蛛在蒙尘的角落醒来。

假如可以，那在劫难逃的，请你留下
一两个音符，
半小时的哼唱不足以被放牧
或开掘，
不足以节省或耗费日光。

留下一个可靠的希望，
一种窗帘被风吹开的情感，
它的每一分，每一秒，气味，
和选择
都不会在回忆时引起伤感。

今天,当我无事可做

今天,当我无事可做,
我救了一只蚂蚁。

它一定是跟着晨报进来,
投递给
一个就地避难的人。

晨报依然是一项不可或缺的服务。

我并非不可或缺。

我有咖啡和书,
时间,
一座花园,
足够填满蓄水池的寂静。

它一定先沿着晨报
绕行许久,像一滴松弛的墨水
化身蚂蚁的形状。

然后爬上笔记本电脑——温暖——
再抵达一个靠垫上方。

一只小小的黑蚂蚁,独自,
横跨海军蓝的垫子,
步伐稳定因它天赋如此。

在阳光下放生后,
它没再找到自己的巢穴。
我的拯救从何谈起?

它看起来并无恐惧,
即使在我手上爬行,
即使我的手带它快速掠过空气。

蚂蚁形只影单,没有同伴,
它的蚂蚁之心我无法丈量——
你过得好不好,我想要问一问。

我抬起手,带它到外面。

在我无所事事的第一天,
毫无贡献
除了远离我的同类,
这是我所做的一切。

      2020 年 3 月 17 日

带有巴西诗人费雷拉·古拉尔[1]一块手表的诗篇

我一直在等待一个契机找回我合适的比例。

一个人通常过于庞大。

要么过于渺小。

不是把风景完全挡住

就是无措地眯起眼睛张望,一只小手

遮住太阳下的脸。

有时我站在一棵树旁

试着用手臂将其环抱。有时,

是一匹马。在同类之中你无法辨别自己的大小,

在一只蚂蚁面前就更不可能,

你只能为你的笨重向它致歉。

而且,你太吵了。我从未听过蚂蚁的叫喊,可它们

把一切

---

[1] 费雷拉·古拉尔(Ferreira Gullar,1930—2016),巴西诗人、剧作家、散文家、艺术评论家。

做得有条不紊。
当我端正地坐上一把为人定制的椅子,
感到一只勺子平稳地
持在我的大拇指和其他手指之间,
大小消失了。时间也消失了。
我存在于一天的内部,它以手而非手表为衡量单位。
大小和时间两个词逐渐变得荒谬,
你认定的自我和空气化成泪水。
就像切开世界的面团想要烘焙成鸟但它早已飞走。

每个清晨都教我们赞美这无常的世界

在每个清晨
醒来
跻身于前所未有,
穿戴上不复重来。

顶着阳光或乌云,
梳头。

还没有抵达
终端的马口夹,
继续喝咖啡
在烤面包上涂黄油。

获准套上外衣,鞋子,
我出门,
把自己算作世界的一部分,

仅仅携带
一个失重的影子，
它的每一角都融入并离开
其他人的影子。

一个凡人，像身边的人
那样脆弱。

幸运的话——
有时甚至连续数日——
可以感受这奢侈，这额外的礼物：

遗忘的能力。

两盏煤油灯

猫走过窗下那条狭窄的木架
上面精心摆置了易碎的物品——光滑的菊石,
一枚干海星,三个乌龟根付[1],
几块打卷的桦树皮,两盏搁置良久的煤油灯。

仿佛注定了,两只腾起的手迅速捂住一张脸,
蒙上那瞬间闭阖的双眼。

哗啦一声,像预感的那样,发生了。

手缓缓放下来。
猫坐在房间地板的中心,若无其事舔着爪子。

---

[1] 根付(netsuke),源于日本17世纪的一种微型雕刻工艺品。

猫的法则很简单：从一种排列过渡到另一种。

人太奇怪了。

作为人类

作为一个人类多么不合时宜。

比例奇怪,
直立行走,
身体、情感、思维通通无法协调。

长着两只肉食性动物的眼睛,
脸朝前,
但总忍不住回头看。

没有蹄子和爪子,
手指似乎只能抓住忧伤和疼痛。
也常常制造忧伤和疼痛。

有的人
以见证苦难为乐。

有的在苦难中创造美。

换个角度来看——
一个会脸红的物种，
忙碌不停直至晕头转向，
喜欢闪光的事物，
困了也坚持醒着。

学习什么是碱性的，酸性的，
学习气孔，细胞核，玩笑，
以及什么鸟不会飞。
学习在钢琴上四手联弹。
在必要时，单手演奏。

哼唱小曲。喂流浪动物。
说，"数到三时，大家一起唱"。

或许，作为一个人类也没什么不妥。

这个问题至少还有斡旋的余地——
一只从未拉开的抽屉，一双久候的工作靴。

五颗石子

此地 & 此刻

想要把它描绘出来

心中快速闪过一个线条
未及拿起铅笔

已经错了

  词语停了

词语停了。
一种巨大的温柔升起。

我为什么要用词语把它写下来?

我的失败

我评价眼前的风景:"只是一些树而已。"

菊花

它不必知道　　它质本芬芳

外衣

梨子,或无花果,
没有不同

它们成熟

哪怕被火山灰笼罩

> "地图不会长出树。"
> ——阿尔贝托·布兰科[1]

但一个想法就是一片森林。
鸟用脑袋敲击活的树干,
找虫子。

这规律的脑震荡
一定是真相令人困惑的原因。

青苔在背阴处繁荣,树叶向上生长,
根茎钻入地底,
可我终此一生依然找不到方向。

---

[1] 阿尔贝托·布兰科(Alberto Blanco),墨西哥当代诗人。

熟食铺[1]

在一个陶土器皿中
发现了庞贝古城一家街边摊最后一日的食物残留：
鱼，羊肉，蜗牛。

似乎是鲜嫩美味的一餐。
考古学家没有评价。

一个人首先为了味蕾的愉快而进食，
其次才享受到
饥饿再次袭来的愉悦。

人们在听说或看见某样新事物时
总把头歪向一边，

---

[1] 2020年12月，考古学家在庞贝遗址发现了一处熟食铺（thermopolium），主要形制为一个L形石砌柜台，上面嵌有用于存放食物的陶罐，侧面绘有鲜艳的动物壁画，可判断店家在这里为往来食客提供杂烩的熟食，类似今日的快餐店。

仿佛换个角度就能
有新的发现。

但吃饭时,头
会摆正,不偏不倚,
垂直往下是可靠的咽喉,胃。
大肠,腿,双脚。

吃吧,生命顺理成章。

接下来的事情出乎意料——
一种新的烹饪法,或正如你所预想的世界末日——
你停下动作,嘴里塞着鱼、蜗牛、羊肉,
歪了歪头想要再辨认一刻那声响。

宁静:一种分析

没人愿意花钱买你,或对你品头论足,
播放你那没有厂牌、没有纹路的黑胶唱片。
你不久就被归置到分类为无聊的架子上。
不适合交易,不被尾随地消失在漆黑的巷道。
宁静无法被传授,拒绝一切邀请。
掬在手心,感觉不到一丝重量。
随时间而沉重,悄悄落泪。
但落泪时很难保持安静;
它逃走了。你空空的手掌,因它的离去,
微微颤抖。爱因斯坦说时间是阻止一切
立即发生的事物。宁静阻止一切
即刻的呼喊。这里每天清晨 5:18,
一只焦躁的鸟向过分的宁静抗议。
今天开始了,今天开始了,它宣布。
没有其他鸟加入,它只好安分下来。
那叫声给我莫大安慰。每日清晨我享受

这份宁静,也享受鸟的陪伴,
它叫醒我让我参与这一刻
的雀跃,我知道很快我将不再醒来。
如此看来,宁静多么慷慨。此外:清贫。
它不值什么,除非你愿意用一切去交换。

给扎加耶夫斯基[1]的信

仿佛在半小时内
游遍克拉科夫老城,
一次绵长的谈话,
一个下午加一个晚上,便可读懂一个人。

你人生的愿望,大部分已经实现。

一个新世代开了一条窗缝——不管多么短暂。
你爱人也被人爱。
你的诗达成了自身的圆满。
同时,也更加悲伤。

你向往鸟兽、昆虫、城市,向往神秘学,
终此一生。

---

[1] 亚当·扎加耶夫斯基(Adam Zagajewski,1945—2021),著名波兰诗人。

你将它们比作许多事物——

风曾像一只猎狐犬对你打哈欠。
黄昏用梵语说话。

你冷静记录下大地的冷漠,
也记录下大地上栗子树的盛开,召唤,呼喊。

你曾在三个国家生活,携带三个国家的护照。
时间在每一页盖上它
华丽的签证,彩色的墨水:
悲痛,爱,每一餐,音乐,每一次理发。

现在——这么快?——就轮到你了吗
正如你一度对那些已经死去的诗人的想象?

"他们的疑惑随他们而逝,"你写道。
"他们的狂想在延续。"

我再次走入我的生命

我再次走入我的生命。
它以一种新的语言写成,
每日变更的书法
使我感到陌生和局促,
那些字母,词源,
甚至墨水都令人无所适从。
在它特有的时间王国
其他人
并肩行走着
方向明确,
似乎很笃信
将要迈入哪一间店铺,
想要购买
西红柿,
皮鞋,还是阿司匹林。
地铁路线图上,

线条和颜色

都很清晰,只是看不清

站名。

我的耳朵拒绝听从它的售票员,

我的双脚移向

每一扇滑开的门。

要解释这一切如何发生

且持续发生

一天比一天困难。

仿佛一个变异的生命

在试图介入我,

如同泥巴和转盘

将制陶人的双手

变成制陶人的双手。

我的生命

不会被一个单数代词指称。

我是一群鱼

相偕而行

但互不理解,

你向来要求

复数和正式称谓,

他/她/它

奇怪地采用

一种非属于它们也非属于我的

主语语气。

动词时态？

过去未来完成式。

天气？

即使多变，

也依然足够湿润，

亲切，规律，

而那多细胞的椋鸟

每日入夜便全然忘记

醒来时的形态——

一段传奇，一个觉醒的自我，

一次**群舞**[1]。

---

[1] 群舞（murmuration），特指成群的椋鸟在天空齐飞并不时变换队形的一种鸟类飞行景观。

苔藓

在莫哈韦沙漠[1],一种半透明的晶石
为苔藓提供光照适度的环境。
　　　　　　——《纽约时报》,2020 年 7 月 29 日

对于寄生石下的苔藓,
似乎,
百分之四的光照最为合适。
头条上说,它们依靠
一种半透明石英岩的保护伞
生存。

这种晶石能散射
阳光的紫外线,
稀释它的强度,

---

[1] 莫哈韦沙漠(Mojave Desert),位于美国西南部内华达山脉的雨影区。

保存夜晚凝聚的湿气
形成苔藓大小的雨滴。

我一边想着这些苔藓
一边沉思。
或许我们，也是某种苔藓，
进化出我们自作自受的
莫哈韦的焦渴。

无法承受全部光明，
全部视线。

无法认清亚马孙大火，
北极圈大火，
帝王斑蝶烟尘色的迁移在减少。

一场无以为继的实验。

然而我们在其中找到庇护，
通过思索自己和他者的生命，
通过渴，睡眠。

面对生命不可置信的绿色,
无论甘苦,无论贫富,
我们献上我们百分之四的祝福,

无论甘苦,无论贫富,
献上我们百分之四的包容。

我多么想

我多么想
让我的生活融入我
如同阳光和雨水
渴望
融入一颗无花果或一只苹果。

我想与之会面
哪怕它零落,
破碎:
一段对话
记载于玄关桌上;

一次失落
揣进口袋;
一个良久以前的心愿
从旧货铺油画的一角

瞥见,含糊地认出。

我看见我的快乐
先是朝我
走来
然后转身
拐下楼梯,
坚实的双腿不假外求。

还有,
那数不清的
麦秆,
曾多少次被折断,
捶打,送入
石磨之间,
继之迈进
烤箱与面包的
婚姻——

让我也在那里找到我之生。

在我笨拙的

时刻,孤独;

在眩晕和犹疑的日子;

在许许多多的岁末

我发现自己

站在炉子上

更换一盏轨道灯。

在我夜夜提出,

偶尔被回答的,疑问里。

我多么想

在活着时

为我的生命添加

一点盐,一点黄油,

一片尚可食用的苹果,

一茶匙熬煮多时的

无花果酱。

像第一次尝到某种滋味那样

去品尝

生命的未来式。

辑二：选自《账本》（2020）

Section II: from *Ledger* (2020)

别让他们说

别让他们说：我们视而不见。
我们亲眼所见。

别让他们说：我们充耳不闻。
我们亲耳听闻。

别让他们说：那些人没尝过那滋味。
我们曾咽下，曾发抖。

别让他们说：一切不曾言明，不曾书写。
我们曾开口，
曾用手和词见证。

别让他们说：那些人无能为力。
我们还没有尽力。

而他们必将开口说话,让他们说:

一种灯油之美
曾一度燃烧。

让他们说我们曾以之取暖,
曾借着那光亮阅读,赞美,
它燃烧过。

碗

把肉放进碗里，肉会被吃掉。

把米放进碗里，米或被蒸煮。

把一只鞋子放进碗里，
皮革被反复咀嚼，
一个无法消化也无法忽略的句子。

一天，假如一天可以感知，它必定是一只碗。
战争，爱，卡车，背叛，善心，
它通通吃掉。

下一天饥肠辘辘赶到，光洁无瑕。

你不能扔掉那碗。
或将其打破。

它如此镇定,从不亏蚀,毋须剥皮,
看起来硕大,却正好被人的两手捧起。

手有十根手指,
五十四根手骨,
但它奇异的容量超出我们想象。
闻上去——如同碗的弧线——
沾染着小豆蔻,八角,荜拨,肉桂,神香草。

我渴望惊奇。

对于这个要求,世界履行了它的义务。

就在上星期,一只圆滚滚的豪猪,
受到了与我同等的惊吓。

一个男人吞下一枚微型麦克风
试图记录身体里的声音,
但从没预想如何取出。

一个大理石纹面包做成的芥末卷心菜三明治。

透明塑料杯轻易罩住了大蜘蛛
让它们惊讶连连。

为什么每一次爱的开始和结束我都为之惊奇。
为什么,每一次新发现的化石,一个酷似地球的星球,一场战争。
又或者球形把手还在眼前但人已离去。

有些事一点也不惊奇:
我一次次的犯错,总在别人脸上认识到。

有些事并未引起足够的惊奇:
我每天期待一切照常运转,
但一些维持正常,另一些失灵。

没有下雨却依然有水沿山体奔淌。
一个姊妹过生日了。

还有那些顽固而守礼的坚持:
"请"的意思在今天仍然是"请",
"早上好"仍是"早上好",
当我醒来,
窗外的远山依旧,
我借住的城环立在我四周。

城里的巷弄,市场,牙医诊所,
药店,酒铺,加油站。

图书馆对迟还的书收取——一个愉快的意外——零罚金。

博尔赫斯，鲍德温，辛波斯卡，莫里森，卡瓦菲。

仿佛听见楼上有人挪动笨重的家具

当事物变得愈发珍稀时,会进入计数的领域。
还剩这么多只西伯利亚虎,
那么多头非洲象。三百只红脚鹭鸶。
我们刮下这世界曲折诡谲的奇迹,
如同刮食铸铁锅底烤煳的洋葱胡萝卜。
闭上双眼认真品尝那平凡甜味中散发的焦煳。

水桶忘记它盛装的水

一只水桶忘记它盛装的水,
牛奶,油漆。
清洗一净,重新使用,然后再度清洗。

我多么羡慕水桶的失忆症。

桶的内部坦率,无穷尽,
目的明确,
接缝细得像驴子的一根肋。

一只水桶倒扣过来
几乎同样有用——
踏凳,工具搁板,鼓架,吃午饭的小餐桌。

水桶接受并归还它所赋予的一切,
从不委屈,惧怕,

或懊悔。

空桶子撞在拖把水槽上的回声最为清澈。

但没有一只会发出驴叫。

你在一间屋子睡去在另一间醒来

你在一间屋子睡去在另一间醒来。
你在一瞬间睡去在下一瞬醒来。

人类登上月球了!——
视线透过模糊不清的黑白,雪花噪声,
投在中央公园的大屏幕上,与众人站在黑暗之中。

你的祖父没有看到此刻。
你的孙儿不会去看此刻。
一晃,五十年过去。

默默无闻,北斗七星悬在头顶。

日复一日,像你的侄儿们,
貌似先前那个,
但不是先前那个。

辑二:选自《账本》(2020)

每一天都是独立的,任意消磨,蘸着盐和黑胡椒
　食用。

你在一张床上睡去在另一张上醒来,
你的脸经毛巾擦拭不再是刚刚洗过的脸。

你在一个世界睡去在另一个醒来。

你不等同于你的生命也并不与之陌路,
你不等同于
你的名字,你的肋骨,你的皮肤,
你的行李将装满空房间离开——

在你明白这一切之前你不会明白。
就像一只打翻的玻璃杯覆水难收,你将明白这一切。

一种黑暗正在降临

我用两手捧住我的生活。
我用两腿走路。
两只耳朵足够聆听巴赫。

假如一只眼瞎了,人们用另一只眼观看。

然而一种黑暗正在降临。
一种两眼的黑暗。

我的一张嘴
含着两个词。
是,否,
统领其他一切词。

是。否。否。是。

我对这些词说是,我必须如此,
同时也拒绝它们。

我的两条腿,
为了前行而塑造,
顺从于未知和必然,
走进那即将来临的时刻。

词语

词语是忠诚的。

它成全其命名之物。

如勇气一词一经说出便支配了

站在铁丝网一边一个惊恐的女兵,

站在铁丝网另一边一个惊恐的男兵。

宛如死亡的泥塑,他们瞪大眼睛凝望彼此。

而词语——热衷和平和谣言——拒绝责难他们。

辑二:选自《账本》(2020)

她嗅入那味道

正如一个盒子的正面念及它的两边
和背面,

生者的哀伤
念及死者的悲痛。

就像
一个女人来到飞机场
迎接来自她曾久居之地的飞机。

她站在出口处张望
但手持护照的乘客中没有她的熟人。

她只是嗅入他们衣服上的味道。

念出抵御仇恨的咒语

直至每一口呼吸回绝他们,那些,他者。

直至剧中人物在第一页说出"每个角色都是你"。

直至希望向其蕴含的绝望妥协如一个自我听命于另一个自我。

直至残忍施展它的手艺突然看清了:我。

直至愤怒与侮慢意识到自身是一张无用的桌子可以充当柴火的桌脚。

直至双膝宠辱不惊后知后觉地屈折。

直至恐惧向它的施与者俯首像一只鸟影对鸟儿顺从。

直至孤独的疼痛深入手掌、肋骨、脚踝。

直至老鼠在猫的嘴巴里发出声响。

直至酸化的海水无声浸泡着珊瑚。

直至感觉不起眼的重量不再失重。

直至感觉不起眼的收入不再被收缴。

直至哀伤,怜悯,困惑,欢笑,想念认出自己的镜像。

直至我们口中的我们意味着我，他们，你，麝鼠，
　老虎，饥饿。

直至我们口中的我意味着狗吠声起起落落终至安宁。

直至我们口中的直至意味着我，我们，你，他们，
　麝鼠，老虎，饥饿，
　　以及得到回应之前狗儿寂寞的吠叫。

在乌尔维克[1]

> 他一生生活在乌尔维克,为自己的果园耕作。
>
> ——致奥拉夫·郝格

同样,我也想为我
自己的果园耕作。
每个星期五,付给自己一笔
体面的薪水,
从自己的钱包领取一些钞票,
假如碰上糟糕的天气,
就给自己放一天假
并为此感谢我的仁慈
然后告诉自己,没什么好担忧的,去吧,
放松一下,找个暖和的地方。
于是我走回我的房子

---

[1] 乌尔维克(Ulvik),挪威的一个市镇,挪威现代诗人奥拉夫·郝格(Olav H. Hauge)的家乡。

一边思考自己的仁慈

一边想象我的果农此刻是否也有温暖庇身，

哪怕我允许自己如此短暂地

中止料理我的果园，

这决定是否正确？我们俩

或许同时心系苹果，

它们挂在湿冷的寒风中

从枝杈上独自壮硕，

于是一个我，继之另一个，

开始转动脑筋，

折一段晒干的苹果木丢进火中，

思考着分离与孤独是怎样

寄生于一人的皮肤之表和另一人的皮肤之下。

干扰:一种分析

有时你化身为
一只看不见的蚊子,
有时是一场病。

每当感觉即将结束,
又像一个刚学会走路的孩子那样
胡搅蛮缠,
电话铃早该挂断却一直在响。

干瘪的轮胎压在柏油路上发出不可忽视的爆裂声。

一整个下午,雷鸣被间隙的阳光打断。
一整夜,落雨被树枝和屋顶阻挠。

即便如此,生锈的铁不会因为干燥而停止生锈
如同饥饿在睡眠中延伸,

干扰,非干扰,坐在一天的容器里
像盐掺进牛奶,一种白抵消另一种。

好比水箱里的鱼撞到玻璃时转身游走,
一个人的命运不可遏制
直至
到此为止。

死:一场无法跨越的中断,
重约
一百五十八磅,
装进切好的木板捆上黄色绑带。

生:短暂地
介于两扇窗,
努力酝酿一则新笑话,一个新曲调。

二者之间:
由回声定位和光达引领,
经历雪崩,地震,海啸,
火风暴,干旱季;
只那么一刻——温柔而困倦地——把读了一半的

小说

放在床头桌上，它朝向墙的一面始终没有上漆，并确信清晨醒来时故事将继续。

我的疑惑

疑惑,我在你身旁醒来,
仿佛窗帘只拉开一半。

我带着疑惑穿衣,
像一只杯子
不确定是否会摔破。

我带着疑惑吃饭,
带着疑惑工作,
去一间可疑的咖啡厅与多疑的朋友会面。

我怀疑着自己入睡,
像一群山羊
在一辆突然寂静的卡车上眠去。

疑惑,我每夜

梦见你——
而梦的意义是什么
倘若并非在那全身心的刹那
沦为一个短暂、非晶态的疑问?

左手和右手,
疑惑,你在我之中,
为我投掷篮球,操弄我执刀叉的手。
左膝和右膝,
我们一起追赶巴士,
去参加一场注定在抵达前就结束的约会。

我多想
从你得到满足啊,疑惑,
像一扇双悬窗
顺从地架在隐形滑轮和绳索之间。
我怀疑我能否做到:
你的平衡锤支配我的日与夜。

正如那垂悬的铅块平稳地控制
窗口打开的幅度,
你控制我,

我跪在你面前,坚持不懈,
并献上我狂热的赞美
怀疑你会否真的听见。

我的知足

我拒绝知足:
据说,在得到它以后,有些经验不足的修道者消失了,留下一团雾状白光。

我的饥饿

如同高空走钢丝的人
必须手持一根长杆
加长她的臂膀

你持有我　我持有你
行走于这世界

我的自尊

我的自尊与我共饮
一杯咖啡，加糖，加牛奶，
身着睡袍。

我的自尊，在今天，
不比任何一天
增减一分。

今天，它终于
阖上了记事簿。

今日之奢侈，是咖啡，糖，和牛奶。
是感到富足不复外求。

我的自尊就要
无所顾忌地

穿上它

没人在意是否皱巴巴的衣衫,

没人在意是否合身的皮囊。

我知道,它会

轻易被夺去,

像扒手的一瞬不留痕迹。

一个走神的司机。一块意外的石头。一场莫名的
愤怒。

它或许会被我的心脏剥夺——

此刻,喝着咖啡,

下一刻——

它或许会被我的乳房和骨髓剥夺。

但我和我的自尊无须

向彼此道歉,

在今天,

或下一个今天,佯称自己更伟大。

我知道终有一日我将对它说:

没关系,时间到了,

如果你必须离开,请去别处生活。

像一个称职的副主厨,带上
毛巾包裹的厨刀和磨刀石,
带上你的幸运汤勺。

我的眼镜

眼镜可以摘掉。

世界瞬间柔和,朦胧不清。

地毯的花纹

还有窗外树叶的构图,

白纸上的字,

镜中的脸。

朦胧,

哪怕即将来临的战争,

将它铁铸的船身

推上不远处的沙滩

停在视线之外;

哪怕寂静

随船舰到来

像一只游水的狗追随它的主人。

陆机[1]，诗人和学士，

将门之后，

在西晋三十五年

被处决，

他的将士的身躯

积堵了洄水。

水为之绕流，

渗入外围的田地。

慈悲的朦胧，慈悲的遗忘。

与陆机的名字相遇。

我思考着他的文化形象

犹如一把斧柄雕塑另一把[2]，

我思考他对白绢的看法。

每一个死在水边的人

都有父母妻儿，

有一口井，一些鸡。

不，眼镜的施舍在于模糊视线。

---

[1] 陆机（261—303），西晋著名文学家，出身吴中将门，死于"八王之乱"。诗中出现的"unpainted silk"（未作画的白绢）系从陆机《文赋》"函绵邈于尺素"一句中引伸而来。
[2] 犹如一把斧柄雕塑另一把（as one axe handle shaping another）：来自陆机《文赋·序》"至于操斧伐柯，虽取则不远"。孔子也曾引《诗经·伐柯》句"伐柯伐柯，其则不远"来阐释"道不远人"的道理。

蓝鱼[1]

我们也曾

把喝空的饮料罐丢出巴士窗口,

像我们的同类那样

漫不经心。

老鼠,兔子。

但今非昔比。

高速公路越来越整洁了。

沿着一条海岸线,我们吃俄勒冈森林。

沿着另一条,我们吃鳕鱼浅滩和蓝鱼。

我们牙尖齿利。

---

[1] 蓝鱼(bluefish),即扁鲹。

双手灵活。

哺乳动物需要休养生息,

以便在欢乐和受惊吓时猛然一跃。

杏仁,兔子

每当你吃下一样东西,
就会有一个未来从未来中消失。

连同它的窝,
它的地衣,饥渴,跳蚤,蜘蛛。

一旦此刻你自己被吃下,
尝起来大概是杏仁或兔子味道,
不像未来。

有些未来或许令你偏爱,
有些相反。

鸟儿介入,将之散播于别处。

野火鸡

两只继承了恐龙基因的野火鸡

游走在寂静和寂静之间。并不把自己看作一餐肉食。

我,同样不把自己看作一餐肉食,每夜喂蚊子,

镇日等待饥饿

为我找到那把黑木小提琴,收纳于黑木琴盒。

九颗石子

不眨眼

房子有点冷,胃有点饿,
手有点空。

地球布满毛孔,博尔赫斯写道,或许可因此推断
所有人都经过了恒河的洗礼。

拿海绵[1]来说,
一直过着充溢的生活,不眨眼就过滤掉了这个
　想法。

---

[1] 这里的海绵指原始水生物,身上布满孔道,通过水流获取食物和氧气并清除废物。

如同另一只手的音乐

如同另一只手的
音乐
为战争中失去一条手臂的人创作，
你，希望，可能再次复活。

追忆

没有一张照片或画面可以保存——
水在结冰之前
一刹那的静止。

图书馆里一本书有许多一丝不苟的折角

我小心展开在我之前那个人的思绪，
像一只屏息聆听的狗
耳朵竖起
回应一个它的主人听不太懂的声音。

如今我更加由衷地

如今,我更加由衷地,钦佩罗热[1],
在他的索引典里
自我认知归在谦逊一类。

紧随着虚心——认清自己的位置;
先于克制。

俳句:蒙纳德诺克[2]

11月落雨——
两只青铜鹿回身望向我
在我经过时。

一种策略

以暗示延续。

---

[1] 皮特·马克·罗热(Peter Mark Roget,1779—1869),英国人、著名的《罗热同义词词典》(*Roget's Thesaurus*)的编纂者。
[2] 蒙纳德诺克山(Mount Monadnock),位于美国新罕布什尔州的山峰。英文词"monadnock"(残丘)也指一种地理现象,是蚀余山的一种。

墨水的空缺由月亮填补。

第六次大灭绝

连同可以形容它的词语
一起带走了。

障碍物

此身，仍在行走。
风必须绕过它。

它们已经认定

终有一刻它们会认定你是谁。
而你自己尚未决断。

你的手腕认定了。
你的膝盖认定了。
头发终会抛下辫子。

你的耳朵,你叛逆的听觉,
已经认定:够了。
它们交出城市,钢琴,句子,口哨声和哭声。

你的思想,仿佛有那么一次,也认定了。
但是你,超出命名,超出权衡,尚在迟疑。

像一匹马驹试探着调整四足站立起来:
你尚在迟疑。

轭

小灵魂,

你和我将会变成

一片记忆

存在于一段记忆的记忆之中。

一匹马

卸下挽绳

忘却了拖车的重量。

铁锈在风中剥落

小灵魂,

终有一天追忆将终止。

一个坠落的人不会,在失坠的中途,抬头向上看。

尽管如此,

在星期三闪过几秒钟,

"我的卡车钥匙呢?"

在星期四,在星期日:"我的卡车钥匙呢?"

兽皮

小灵魂,
你的时辰之书
正在阖上

收起它的金光,
它的艳丽,你不畏凝望的狗,
你的河流,梯子,
肋廓。

一生
转化为它独有的纹饰和气味,
剩一张兽皮。

现在我无从判断
我们是否合二为一,或一分为二,
一种点彩。

你所往之处[1],

我们曾许诺。

---

[1] "你所往之处,我必将追随"(Whither thou goest, I will go),语出《圣经》。

账本

柴可夫斯基的《尤金·奥涅金》有 3592 小节[1]。

真情掩抑的声音听起来很克制。

迫切时刻亟须迫切手段。

普希金未完成的《奥涅金》：5446 行。

没有肉眼可见的泪水佐证飞行员的悲伤

当她用光学雷达测量一座岛屿的高度：5 英尺。

50 英尺，岛上最高的叶片。

她记录下这棵树剩余的年限，即将承受的风雨。

100 万块烧制的骨头——动物的，人的——

摆在野外抗议，

占地 400 码长，60 码宽，重 112 吨。

---

[1] 译诗中依序出现的"小节""克制""手段""佐证""占地""度量""估量"，在英原文里均为"measure"，是一个多义词。

那是被剥夺者的长度,<u>重量</u>,和沉默。

蜜蜂从不怀疑它们躯体下摇曳的甜蜜。
一种距离的度量叫作米。另一种叫作里。
一万里可以翻译成"远方"。
对流放者而言,家可以翻译成"当初",翻译成
　"伤痕"。

一公升波兰伏特加
由十二磅土豆酿成。
最在意的事物,我们称其为无法估量。
最重要的事,我们说它算数。而今,海平面以上的
　最为珍贵。

在一到十的比例中,十一在哪?
任凭你再三祈祷,也不会得到第二十五个小时。
度量在上升——如同那些挂在西部酒吧墙上的麋鹿
　头——
编写进我们正在殒殁的未完成的天堂。

（没有风，没有雨）

没有风，没有雨，
树
就这样倒了，像一颗果子落下来。

但是不，不是水果。没有成熟。
没有掉落。

它断了。垮掉了。

一枚松果上
多出的一滴松脂，
一只体态娇小的鸟
飞来啄食一只甲虫。

它垮掉了。

有哪一个词，哪一个动作
让我们觉得无关紧要呢？

末日加扎勒[1]
——仿梅西安[2]

去打开[3]吧——一扇窗,一块馅饼皮,一座冰
　川——移除屏障。
如果嘴唇、牙齿和口腔黏膜没有开启,便无法说
　话,无法歌唱。

有些开口难以命名,也很少被谈及。
雨停了,屋顶说。火、森林、城市、地窖裸露出来。

泪停了,眼睛说。一种无声的音乐代替它流露。
单簧管的呼吸陡然被剥夺,大提琴戛然而止。

---

[1] 加扎勒(ghazal),源自阿拉伯语的一种抒情诗形式。
[2] 法国作曲家梅西安(1908—1992)在二次世界大战被德军俘虏期间,为当时战俘营里罕见的四件乐器(单簧管、小提琴、大提琴、钢琴)创作了室内乐《时间终结四重奏》,亦称《末日四重奏》,并与营中的乐手们举行了首演。
[3] "打开"的英文词"open"也有"开始"的意思,诗人用这一意象贯穿全诗,与题目中的"末日"相对应。

小提琴低泣着，一只空了很久的手在舒展。
钢琴声庄严，它那第 89、90、91 根弦没有从召唤
　　中苏醒。

凝视，倾听，莫不如此：低沉无词的哼鸣一点点
　　拆散。
鱼群消失了。蜜蜂消失了。蝙蝠变白。北冰洋迸裂。

手渴望更多时间，手以为时间很充足。消耗时间之河，
之草场，之山脉，时间之乐器为它的静默调音，它
　　纵深的地幔破坏了。

大地踉跄着，在自身之中，在我们之外。
虎鲸、蓟、红隼不再给予我们指引。

岩石说，燃烧者[1]，撬开你的愚蒙吧。
死神说，如今我亦无家可归。

---

[1] 燃烧者（Burning Ones），在一首传统的加扎勒中，这一位置通常会署上诗人的名字，但在这首诗中，诗人以指代人类的"燃烧者"来代替自己署名——诗人说，作为碳基生物的人类，我们燃烧能量，燃烧化石燃料和森林，也燃烧自己的激情、权力、欲望、爱恨。

我的债

如一切
相信五感的人,
我曾是会计,
誊写者,
审计。

不是登记员。
证人。

我获许碰触
一片蓟的叶子,
一只蜘蛛
颤抖的织作。

获许去思考哈勃望远镜的记录。

我相信粒子

或波

都无关紧要,

因为我不携带武器。

我是否相信也无关紧要。

我曾称量灰烬,

行为,

如红宝石般闪光的城市,

用我被赐予的天平,

它以恐惧和惊叹

为刻度。

我写下它,写下是。

再算入亏欠真实的债。

请原谅,

带棘刺的叶子,柔软的蜘蛛,

章鱼抬起

一条好奇的触腕向潜水者致意

于是以这漆黑的墨色

我记下你艳丽的色泽。

辑三：选自《美》(2015)

Section III: from *The Beauty* (2015)

我的骨骼

我的骨骼,
你一度
在疯长中疼痛,

如今
一年年
不知不觉缩小,
变轻,
为自身的专注
吸收。

当我起舞,
你也起舞。
当你折断,
我。

它就这样躺下，

走路，

攀爬累人的楼梯。

你的下颌。我的面包。

有一天，你，

你的剩余，

将从这结合中剃净。

不规则腕骨上的关节炎，

胸廓破裂的竖琴，

迟钝的脚踵，

头颅敞开的碗口，

盆骨上一对浅盘——

每一块都将离我而去，

归复宁静。

我都知道些什么？有关你的白昼，

你的黑夜。

我终生把你

携带在手

却以为我双手空空。

你终生把我

奉在手掌

像一位新生儿的母亲

怀抱赤裸的婴孩，

不必思考。

蚊子

我说我

&

一只小蚊子从我舌尖上啜饮

很多人说我们但听见我

说你或他但

听见我

这个问题该怎么办

双手端起一只碗

就不能同时把它填满

x，蓝鲸说

x，磷虾说

得出 y，海洋说，然后乘以存在

蚂蚁的脚在大地上制造自己的声音

水让冰吃了一惊

一个人
把谵妄读成翠雀[1]
打着喷嚏
坠入一片困倦的纯蓝之美

代词在打瞌睡

---

[1] 英文词"delirium"(谵妄)和"delphinium"(翠雀属)的拼写很接近,容易误读。据说翠雀属的一些植物花粉可引发人打喷嚏。

我的记忆

像旅行者带回家的

小块香皂和洗发液

然后搁置,

你,记忆,

几乎没有重量

今晨漂浮体内。

一口水井用尽了口渴

一口水井用尽了口渴

如同时间用尽了一个星期,

一个国家用尽了字母表

或一棵树用尽了它的高度。

一只褐鹈鹕

在黑暗降临时用尽了鳀鱼的银光。

多么不可思议的串通,

当时间用尽一年的时日

进入下一个循环,

一条与锅子和盘子订下契约的

棉毛巾似乎用尽了干度

但几分钟后又能容纳更多。

一个人走进厨房

想要擦干手和脸,

一个疑问呼之欲出。

脸的四周,手的四周,
背后,
酵母,群山,苔藓,答案的乘法。

总有一些问题永远用不尽提问,
一些答复永远耗不尽回答。

譬如那呼之欲出的问题:
一扇生锈的大门开了。
是停在左边,否停在右边,
两个没有着色的寂静星球。

照片上的脸一半在光里,一半在黑暗里

就像3+2那样。

照片上的脸一半在光里,一半在黑暗里。

一座火车站停了一列火车,
另一列从后面驶过,
听见,但看不见。

一个人为他的五种感官自豪
但不用回声定位法。

狗同情我们的鼻子
就像我们同情撞在玻璃上的蜜蜂。

从世界上每两个词中拿掉一个,
还剩下什么?

一半黑暗的一半。

一座火车站和一座经过的火车站。

我们生活在一个固定地点
却无时无刻不在向别处看。

就像在孩子的地图上，
X
标志线索，也标志宝藏。

它很近，但不在这里。

棉花命运

很久以前,有人
告诉我:请避免或者。

它搅乱思维
就像把一块肉举到一条狗面前。

现今我也到了花甲之年。
我不曾度过另一个人生。

石英钟

一位物理学家的想法
可以转变成实物:
火箭,石英钟,
用于烹饪的微波炉。
但诗人的想法只能达成自身,
就像表盘上的指针,
一个人的脸。
它变换着,逐步完成自己。

我的生命刚好容纳我的生命

我的生命刚好容纳我的生命。
它的房间大小适宜,
灵魂刚好容纳一颗灵魂。
远景中,线粒体轻哼着,
上面有太阳、云、雪,
斗转星移。
它骑乘电梯,高铁,
不同类型的飞机,一头驴子。
它穿袜子和衬衫,戴耳朵和鼻子。
它吃,它睡,打开
又阖上它的双手,它的窗。
其他人,我知道,有更广大的生命。
其他人,我知道,有更短暂的生命。
生命的深度,也,各不相同。
有时我和我的生命一起说笑。
有时我们一起做面包。

辑三:选自《美》(2015)

有一次，我悒悒不乐想要保持距离。

我请它给我一些时间。

我尝试与他人见面。

不出一个星期，我空空的行囊与我一同折返。

我饿了，那一刻，我的生命，

我的生命，同样感到饥饿，我们再也无法

松开手　　　无法隔着衣服

分开舌头

视角:一种分析

致使一面墙比另一面更暗,
形成一个角落。
致使一片叶子比另一片更红,形成一棵树。

以一次地震,一场病,一通电话,
隔绝那些曾经看起来重要的事。

攫住一种香气,经久不散,冲淡其他气味。

从每一个角度看都是立体的,除非磨成圆形。
忽视热情,乏味,绝望。

无法通观,但存在于每一个细节。

偏爱魔术,近乎颠扑不破。
偏爱骰子。

偏爱一切事物的原貌,和下一个原貌,再下一个
　原貌。

热衷于折叠——
手上的牌,洗好的衣物,信笺,手肘和膝盖。

乔托的低吟,丁托列托的高亢。

偏爱镜子、窗、古老的肖像画,视野绵长——

好比这幅中国画卷,仿佛无止境地铺展
它的小舟,流泻的溪流,漫步的士大夫宽袍深袖
头戴形状怪异的帽子,
好奇的马儿望向画外
透过它暂时拴系于永恒的长叶松。

事物自动整理

乳脂知道它是乳脂吗,
或者牛奶知道它是牛奶?
不。
事物生息有律。

就像寄宿旅馆的餐桌:
男人们坐一边,女人坐另一边。
没人教他们如此。

穿格子衬衫的挨在一起,
传来中西部口音的交谈声。

没人打算变成鬼。

后来,年轻人坐到厨房里。

不用多久,他们便会
结巴地说抱歉然后匆匆离席。
他们不知道会这样。
永远没人知道。

在一间洗过蘑菇的厨房

在一间洗过蘑菇的厨房
蘑菇气味滞留下来。

如同大海长期保存鲸鱼的气味。

如同一个彻底爱过的人,
一个曾被征服的国家,
不会轻易释放那惊愕的认知。

它们必定希望被发现,那些奇特、隆起的羊肚菌,
滑稽的马勃[1]。

地衣曾用来做灯芯。
椰子和橄榄做清洁燃料。

---

[1] 羊肚菌(morel)一部分物种有耐火性,常在大火后的森林中大量生长。马勃(puffball)是一类担子菌门的真菌通称。

风干的鲑鱼,羊脂,一只貛的骨架烧了起来:
光来自烟与摩擦。

耐火的蘑菇另当别论。
它们加深着接触的空气。

那气味曾经游历,曾被俘获。

不用拖把杆拖地

我又跪在地上,
不用拖把杆拖地,
老杉木如今变成了地板。
一个思想曾在这中央,
靠近炉子,左脚跟着右脚。
左手接替右手,我围绕它擦拭。
思想没有手柄,
没有手,没有柠檬和塞伦盖提。
吸一口气,再吸一口,
棉布一角沾了水湿了整块布。

问题

你正努力解决一个问题。
你几乎事半功倍,
胜利在望。

你拈起一点盐,一点矾,
撒在问题上。
它从黄色变成皇室蓝。

你在问题里打一个皇室蓝结,
就像在秘鲁人的彩色结绳上打一个结。

你走进问题的杂货铺,
跳蚤市场,露天市集。
穿梭于海绵和糖果的巷弄,
掠过珠宝,香料,木梳,
思索会与哪一个摊位结缘,哪一颗南瓜,哪一味香水，属于你。

你潜入问题的钢琴。
选定三个琴键。
其中一个必然打开问题之门，
但你仅需掌握这一点：
你的难局是食材还是药材，
问题源自理智抑或悲伤？

现在它也向你回望
睁着小狗般聪明且疑惑的眸子。

它全身心投入接抛游戏，
小狗想要取悦。
它仅需辨别出方向，
物品，谜题的气味，
以及问题是否落在它正圆或椭圆的轨道上，
是否以英尺磅衡量，还是以记忆，以肉。

雪中的椅子

一把椅子在雪中
本应
如其他物件那样洁白
& 圆融

但雪中的椅子总是那么悲伤

悲伤过一张床
一顶帽子或一幢房子
椅子的形状只为一个目的

即容纳
一个灵魂飞逝的
柔软的时辰

或许是一个国王

但不为容纳雪

不为容纳花

如同路边不起眼的小洞有什么住在里面

如同路边不起眼的小洞有什么住在里面
居住在我体内的生命我叫不上名字,

也不了解它们的命运,
它们的饥饿,或吃什么。

它们吃我。
吃我低地上有缺陷的瘦苹果,
它多石的川流与干涸我从不饮用。

它们在我的巷弄——狭仄,
没有标示在自我地图上——
追随耳朵跟不上的音乐跑下阶梯,

凭借我抵押给黑暗的舌头,
凭借自我之钟尚未计数的时辰,

以无休止的音节讲述另一些失去,另一些爱。

那里有无情的灭绝,
失踪的鸟一度饱食又成为美味。

的确有思想
尖叫着如钨钻磨削白天。

极少数可以脱逃。一种慈悲。

它们留下不起眼的小洞
以便那些没有自我称量的生物住在里面。

一个人向命运抗议

一个人向命运抗议:

"你致使我
最想要的东西
最遥不可及。"

命运点头。
命运有同情心。

系上鞋带,系上衬衫纽扣,
是一种凯旋,
仅仅对那些年幼者
和年老者。

而在这漫长的时间中:

给一颗铆钉变位
精通探戈
训练一只猫不跳上桌子
储存起比此刻更长久的一瞬
持续唤醒前一天所发生的

还有爱的书法在身体里践行。

我只要少许

我想要的,我以为,只有少许,
两茶匙的寂静——
一勺代替糖,
一勺搅动潮湿。

不。
我要一整个开罗的寂静,
一整个京都。
每一座悬空的花园里
青苔和水。

寂静的方向:
北,西,南,过去,未来。

它钻进任何一扇窗户
敞开一寸的缝隙,

像斜落的雨。

悲痛挪移,
仿佛一匹吃草的马,
交替着腿蹄。

马睡着时
腿全都上了锁。

普通感冒

普通感冒,我们说——

普通,哪怕它已绕行地球

 七圈从一个旅行者传给下一个

 哪怕它已见识过西安的大雁塔

 见过蒙泰尔基镇上弗朗切斯卡分娩时的圣母[1]

 见过克拉斯诺格鲁达[2]清空的犹太会堂

 见过阿勒颇毁于大火的中世纪市场[3]

普通感冒,我们说——

普通,哪怕它绵绵延亘永不衰朽

---

[1] 皮耶罗·德拉·弗朗切斯卡(Piero della Francesca,约1415—1492),意大利文艺复兴早期画家,其著名湿壁画《分娩时的圣母》(*Madonna del Parto*)现存于意大利蒙泰尔基(Monterchi)。

[2] 克拉斯诺格鲁达(Krasnogruda),波兰北部接近立陶宛边界的一座庄园,"二战"期间曾被德国占领,战后土地改革时归为波兰国有。

[3] 阿勒颇(Aleppo),叙利亚北部城市,2012年政府军与反对派武装交火,老城内建于中世纪的露天市场在交战中被烧毁。

普通只因它几乎不会杀死我们
因它在众人中流传无论你是否同意
因它不论阶级
　纡尊为贵族或平民的红鼻头
　纡尊为一度吐字清晰但只能咳嗽的声带
　纡尊为苦闷的失眠翻弄着鹅毛的羊毛的
　　稻草海绵木棉的枕头

普通感冒，我们说——
普通因为它阴晴不定钝挫我们的五感
　分为夏季感冒、冬季感冒、秋季感冒
　　和春之感冒
　但始终叫作感冒无论以什么症状开始
　　嗓子疼
　　流鼻涕
　　一点疲乏或不适
　　一个名不见经传无伤大雅的喷嚏
　因为它是一个为期八天的始作俑者
　　消耗至多两三盒纸巾

普通感冒，我们说——
诧异它何时来到我们身边

辑三：选自《美》（2015）

何时满不在乎地踏入人类的达尔文长廊
海牛会感染它吗鹦鹉会吗我不相信
谁第一个为它命名,描述症结?印何阗[1],阿斯
　　克勒庇俄斯[2],张仲景?
他们会否好奇它是否愉快地分享我们
　　如同它慷慨不知疲倦地分享自身
病毒不断分裂变异而皮耶罗的年轻女子始终低
　　头凝视
过了五个世纪依然在等待在思索全神贯注

而站在她面前的人正从她敞开的口袋里搜寻纸巾
　　理由不止一个

---

[1] 印何阗(Imhotep),古埃及第三王朝法老左塞尔的御医和大臣。
[2] 阿斯克勒庇俄斯(Asclepius),古希腊神话中的医神。

白天,我打开灯

白天,我打开灯,

黑暗中,我拉紧窗帘。

恒河沙数之神,

没什么能惊动他,悄悄答应了——

每一天,年复一年,

死者死得比前一天更彻底。

在羊肚菌生长的地方,

我寻找羊肚菌。

在爱发生的房子,

我寻找爱。

假若她突然不见,过去会改变吗?

假若他还活着,此刻会一样吗?

锅子为火的焚烧献上贴身的金属。

水寂然离去。

我何曾停止感谢世界殷勤的努力

一个正在说话的人

停顿了一下,让

一点适宜的安静介入词语。

像是过了一个时辰。

任一时辰。此一时辰。

似乎发生了什么,总体上相安无事。

抑或一如往常,一切都在发生:

肃立的墙

始终全神贯注肃立。

一声聒噪的鸦啼压低又托起它的枝杈,

乌鸦的气味渗进树叶、树皮,

如同蜂蜜搅拌入茶。

我何曾停止感谢

世界殷勤的努力以保存世界的面貌。

感谢绿的供给,

黄的委弃。古代苏美尔人[1]

管爱人叫"蜜糖",与我们如出一辙。

他们也说"面包有借无还"。

同样,我们向蜜蜂缴纳爱的税款,

不断重组古老的韵律。

欲望蕴藏在 ACAGGAT。

宽恕潜伏于 GTACTT。

时间和空间构成世界,排列至关重要。

一个时辰没有首尾,

除了那些眼睛朝前看的人,

他们的泪水模糊了思想与星光。

五个基因,依一定序列,

将度过居无定所游牧的一生。

它关系到动物体的形成,

对蚂蚁和骆驼一视同仁。

这展开的密码有意识吗?

如果从它口中道出重要——

那既可言说又无法言说之物,

它们是否彼此置换,

---

[1] 苏美尔人(Sumerians)建立的苏美文明是美索不达米亚文明中最早的文明体系,产生于两河流域,也被认为是全世界最早的文明之一。

悲伤和愉悦，滑稽，沮丧，死者，生者。
昨夜，苏美尔人的明月
两袖空空翻进我的房子
又两袖空空而去，
非是贼人，非是情人，也并非一只龟，只是四处
　看看，
柔软而盲从的拖鞋曳过地板。
这，对我来说，至关重要，于是我用摊开的双手
回望，掌心不眨一眼。
是什么引起那场火，我们问，猜测着，闪电，电
　线，火柴。
但氧气不请自来，
确切地，钻入那些厚厚的词。

未被选中的一个

排行第三的姊妹,
寄明信片时遗漏的姨母。

替补席上的男孩,倒数第二个矮小,
不够快,不够准确,不够机灵。

淘汰的鸡崽,枝条刮伤的桃子,
松散的椅子,没用了,摆在角落。

有时候,未被选中
称得上好事,称得上幸运,
尽管机会均等——
埋了三十年的地雷
选中了别人的腿。
(嘴巴犹豫着
说出:幸运,还好。)

多数未被选中，多数眼睁睁看着。
只能如此。
被观看者
（免不了骄傲，但并不真的在意）
抱怨他们的责任，
太多焦虑，要求，太复杂。

不管怎样：每只兔子
都以兔子的世界为中心，
它的宇宙中轴是一窝踩实的草。

它用与地面齐平的眼睛眺望，
温暖，好奇，饥肠辘辘，
心跳快慢
取决于个别兔子的命运。

兔子的心灵别无旁顾
只会遵从自己的耳朵，自己的爪子，
自己的惊愕，困意，渴望，
它拥有一只兔子的忠诚，

和粉红的鼻头——
本可能被丢勒的妹妹
用炭笔描绘,但那并未发生,
它吸入自己的体温和毛皮气味,
粉红地闪烁,
粉红地,改变远处的星光
在辽阔、缄默的世界上
安于兔子的一隅,
对此浑然不觉。

2 月 29 日

多余的一天——

仿佛一张油画中第五头牛,
直直望向画外,
目光透过她的黑白花纹
射向你。

多余的一天——

必定,是意外:
虚构的日历在这天摔了一跤
像一个醉汉
被低矮的门槛绊倒。

多余的一天——

喝了第二杯黑咖啡。
一通友好而务实的电话。
一件退回的邮包。
一点额外的工作,但不碍事——
刚好凑齐这一天。

多余的一天——

与门和门框间的缝隙
没什么差别
当一间屋子点了灯而另一间没有,
从一间屋子过渡到另一间
如同一个女人换了一条围巾。

多余的一天——

居然和其他日子一样平常。
但依然
带有某种慷慨,
就像一封值得重读的信,而寄信人已死去。

诸灵节

在意大利,每逢这一天,

他们鸣钟,

从所有村庄所有教堂所有方向。

平时,钟声只为报时——

十一响,十二响。桨声

由湖面切入无底的水,无底的空气。

其他钟声?没有旋律,没有音调,

翅翼的节拍敲打蜂巢之门

当入口突然关闭,

蜜蜂沉重地归返,悉知

花粉的世界已告终。

不存在

某种指示。维度之外的

钟之舌,

钟之绳,硕大的铁铸身躯并不神圣。

外在于形式,外在于小节,

外在于因果。美——不言而喻的——
美之本。我饮下它，解渴，
我停止。我跑。每一个方向都更需要我。
一声声钟鸣释放，不掺杂记忆
或评判，不暴力，不温柔。不在乎。
然而：存在。带着颤动。
我——从未经历过轰炸——
也从未听说过死者对生者
如此赤裸裸的索要，记住他们。

辑三：选自《美》（2015）

务必之鼠

一个时辰即一座谷仓，
清香，充裕

务必之鼠很快赶来。

每一只
嚼取老鼠大点的一口，
填饱肚子。

谷仓空了
露出四面的木墙板和木地板。

饥饿
去而复来
把时间变作记忆。

一口

接着老鼠大点的一口,

一屋子

接着一屋子消失。

作品 & 爱

1
下雨时
摔破一盏杯,
一时间有什么到处都是。

2
像一幅画那样活着
同时接受多个角度的凝望——

目光正对入口
落至你的发丝
抬至你蒙尘的双足。

3
"这是你的房子,"
我的鸟之心对我的蟋蟀之心说,

我进入。

4

幸福的人只看见幸福，

生者看见生活，

青年看见青春。

就像恋人们相信

他们醒来时身边的人亦沉浸在爱里。

5

无论我如何翻动书页，

总会回到

相同的两个句子：

一些人活着：存在。另一些人：不在。

然后我继续沉睡，在瑞典语里。

6

一只吃草的绵羊不为山色所动

却对身上的蝇虫刻骨铭心。

7
悲叹
那还未发生之事——

一扇门从里面关上

草的重量
分开
行走其间的
一只蚂蚁五条腿的沉思。

8
毛巾的本质,水的本质,
不断变换,
而我们三个当中
只有毛巾可以倒挂在太阳之下。

9
"我曾是。"
语气中不带有自怜或自夸。
我们俞允仓鸦,自我,牡蛎
这狭窄的自尊。

零加上任何事物都是一个世界

四减一是三。

三减二是一。

一减三
是什么,是谁,
余数。

第一个学会分裂的细胞
学会了减法。

秘方:
给饥饿加盐。

秘方:
给树加时间。

零加上任何事物

都是一个世界。

此世

非他世,

一览无遗,

在每一口呼吸中变更。

秘方:

给生加死。

秘方:

笔直爱这必然的一切。

姊妹,父亲,母亲,丈夫,女儿。

好像一把大提琴

原谅每一个它正在拉出的音符,

和下一个。

正如两个负数乘以雨水

躺下，你就是水平的。
站起来，你就不是。

我要求我的命运成为人。

像香水
不择路而行，
不分曲直，无法阻挡也不能保存。

是，否，或
——一天，一辈子，从三者间滑过，
蜕掉第三层皮，
蜕掉第四层。

鞋子的逻辑终究没那么复杂，
一个动物的问题，磨损。

旧鞋子，老路——
新的疑问不断涌至。
正如两个负数乘以雨水
得到橘子和橄榄。

辑四：选自《来吧，小偷》（2011）

Section IV: from *Come, Thief* (2011)

卷云镶上第一道光

10^{25} 个分子
足够
唤醒森鸫或苹果。

一只知更鸟,更少。
一块腕表,10^{24}。

一张字母表的分子数,
尝起来像蜜,像铁,像盐,
数不清——

如弦,尚未拨动,
为近旁人的话音激响。

正是爱滑入我们心中的时刻。

它渴切地向外抚视每一个方向。

注入一棵树,一块岩石,一片云。

醋与油

不合时宜的孤独使灵魂酸涩,
恰到好处的孤独为之润滑。

我们多么虚弱,卡在为数不多的美妙回忆之间。

穿梭往复不停,
困于命运,

像芬兰一间教堂门楣上
刻到一半的浮雕:
一只摔倒的驴子。

舌头诉说寂寞

舌头诉说寂寞,愤怒,哀伤,
但无法感应它们。

如同星期一无法感应星期二,
星期四
无法把手伸回星期三
像一位母亲拉住她失而复得的孩子。

此生并非一扇门,但有马冲破藩篱。

非钟,
但有蕴于钟形的钟声,
从那铸铁的内部全力撞出第一响。

谈话

一个女人挪近了:
她想要说些什么。
水流将你们分开,推至两个方向。
一整夜你感受到她的存在,
以及那未发生的谈话。
里面包藏山岳,飞鸟,一条大河,
几棵叶子稀疏的树。
河上,一条木舟轻泛。
甲板上,一只蜘蛛在洗脸。
多年以后,船将抵达一座海港,
降生于甲板上世世代代的蜘蛛
将睁开八只近视眼张望,
望向一个虚妄的答案。

辑四:选自《来吧,小偷》(2011)

易腐品

易腐品,塑料罐上印着,
底下,以不同颜色,
标示出必须使用的日期,最后一茶匙的耗尽。

我的视线游动了:
一会儿看看两只手背,
一会儿看看腿弯,
一会儿抬起脚来检查一下脚掌。

然后又检看西红柿的幼叶,
吵闹的松鸦。

掀起木桌子,翻开石头,看。
咖啡杯,橄榄,起司,
饥饿,伤心,恐惧——
这些也终将消散,没有明确日期。

突然

我被一阵奇异的幸福攫住,

仿佛网罗于一个男人强壮的手臂和嘴唇,

沉醉于那一刻正待消亡的芳香和冲击。

第四世界

一个朋友死了。
一匹马死了。
一个人在报纸里反复死去。

没有了他们,
第四世界照常运行。
狐狸红从山坡上醒转。

缺席,愤怒,哀叹,
凶残,失败——
狐狸从中穿行。

如她一样,它想要活下去。

终日,影子里荫凉,阳光下炙热。

梨

11月。一只梨子

挂在树颠,超越了季节,超越了情理。

我的朋友在安老院摔了一跤。

他说他在一片斑驳的树林中

被梭罗、柯勒律治和博马舍愤怒追赶。

仿佛幻觉也饱读诗书。

他彬彬有礼,受到惊吓仍旧谈吐得体。

一向的优雅如救命稻草一般

抓住他:"你问我精神如何?

一只小船卷入一艘大船的尾浪。

在这儿他们强迫你用脚跟走路,

角度很重要。偏离四五度,

你就会迷路。"生命对他依然宝贵,

他相信那些悲伤是他自己造成的,

相信朋友们的反目是他自己造成的

就像一群乌鸦背叛一只受伤的同类。

辑四:选自《来吧,小偷》(2011)

这里没有善意,没有怜悯的燧石。

降落吧,降落,

一个声音在梨子的枝干中催促。

争论在继续,他争辩不过。

日复一日,我在黎明的光线中查找:它还挂在那儿。

阿兹海默
——纪念莱纳德·纳坦[1]

当一张精致的旧地毯

被老鼠啃噬，

它剩余的

色彩和花纹

不会改变。

一块基岩，倾斜了，

还是一块基岩，

它红色和紫色的条痕迹绵延。

掠不去的高贵与生俱来。

"你还好吗？"我问，

不知该作何期盼。

"与济慈式的快乐相反。"他回答。

---

[1] 莱纳德·纳坦（Leonard Nathan，1924—2007），美国诗人、评论家、加州大学柏克利分校修辞系荣休教授，曾与米沃什合作翻译诗歌。

诺言

留下来,我
对瓶中花说。
它们鞠躬,
头更低了。

留下来,我对蜘蛛说,
蜘蛛逃走。

留下来,叶子。
它变红,
为我和它自己感到难为情。

留下来,我对我的身体说。
它像一只狗那样坐着,
顺从片刻,
又立即开始发抖。

留下来，大地上
溪谷间的草地，
镶嵌化石的崖坡，
石灰岩和砂岩。
它们回望向我
变幻着表情，保持沉默。

留下来，我对我的爱说。
每一个都回答，
永远。

辑四：选自《来吧，小偷》（2011）

房屋与地震

多么容易啊,在梦里同时建构
房屋和地震。
黑暗中奔下九层木楼梯,
颤抖的马,粗喘声
回响在突然陷入寂静的星空下。
这一次,梦没有摧毁房屋。
过了许久梦者才意识到,
意义不在于恐惧,
在于对恐惧的感知。

两者都称为命运

一些人无法逃脱的
另一些人主动选择。

两者都称为命运。遗忘——
记忆的姐妹——将把它们收回。
不再分辨必然与取舍，
不再以胆识衡量背叛或机运。

"那你算拥有你的人生吗？"乌鸦发出诘问。

"浓茶之香，"你或许回答。
"从水底看金枪鱼游过的颜色。
王宫领地上的老鼠和兔子不受限。"

辑四：选自《来吧，小偷》（2011）

8月的爱

白色的蛾

落在8月

幽暗的纱窗上。

一些

嫉羡的躁动。

一些平展双翼

像一对

窃贼的手

试图

将早前盗走的银器

悄悄放回你的橱柜。

海水使布料僵硬

海水浸泡的布料晾干之后依然僵硬。
就像疼痛过去了依然滞留在体内：
女人奇怪地动了动手指
想象她的祖父曾经历一场
不愿提及的磨难。对他
畸形的手指只是谈笑而过。
用一件事物的名字呼唤另一件，久而久之
将得到回应。称疼痛为海水，为树，就有了答案。
称那分枝的形状为树。
称那分枝之物为人，
他必须折断别人或自己的手指。
称那削切好苹果递给小女孩默默吃掉的
树枝般佝偻的手指，为凝视。
称她此后为树，为沉默折叠的海水。

辑四：选自《来吧，小偷》（2011）

影子:一种分析

一般我们不会想起,甚至看见你,
影子,
你最初似乎不足以畏惧。

而命令你"脚侧随行"或"坐下"是徒然的,
因为在思想孕育之前
你早已在那儿。

的确,你有时领先,有时落后,
所谓早与晚,
对你而言,不过是词语无奈的酸楚:
你先于词语膨胀。

正午驱使你缄默,愠怒,
一种沉静,
我已无数次从自身体察。

你跟随我到克拉科夫、格拉斯哥、克基拉岛。
你喜欢这些地方吗?
　　　　　　　　我从未问过。
无论我的手多么接近餐桌,
你比我更近,先于我的舌头品尝
鲱鱼和奶酪,沾染松香的松脂酒。

多少次,我眼见你当机立断
牺牲自我,
像安娜·卡列尼娜摆脱她的手袋
将自己抛入思想的火车轮下。
然而,你拥有艺术的复原力。

你灵魂转世了吗,摒除杂质的先知?
你几乎与我同时摇头——
不,我们不这样认为。
无论我将沉默地消散于哪一方土壤,你都会与我为一。

我曾读到,你携带
我的愤怒,恐惧,和谨小慎微。
你携带,我曾读到,我从未示人的渴念,

儿时梦到削去舌头和双臂的怪物。
你朴素的孤独与我的同源。

当你不复存在，
我便与你同归黑暗，

如同一个前世的生命
加入他曾被折磨践踏的自我
不再显露原貌，
即使换上临行前干净的衬衫，新裤子新鞋。

它成为我另外的影子，
不言而喻：
你无舌，无手，但伤害不减。
你的不作为是我最沉痛的失败，傍我而生。

你不索取，不给予，指示我，
我的命运或许比你的更重——

这狂暴的一刻迟迟降临。
你从远处水平抵达，宽容探过身，
毫不察觉地跨了过来。

黑面羊

期望

在情感的触发下消解。

你经过一只黑面羊的身边

它回头望向你的刹那

你心脏骤停

仿佛一个爱人的影子

掠过。

没有慰藉

也不觉得孤独。

只须记得

一个放逐的自我依然保有自我，

就像一口多年未鸣的钟

一直在等待撞击。

辑四：选自《来吧，小偷》（2011）

至暗时刻

至暗时刻趁夜潜入
在我耳边发出猫叫。
外面下着雨,
苔藓的丝绒耸立。
这一刻没有尽头,也无法丈量。
它推开窗招呼自己,不请自来。

事物的两端[1]

一切事物由两端构成——
一匹马，一根线，一通电话。

生之前，空气。
死后，空气，

就像寂静并非寂静，而是听觉的局限。

---

[1] 英文词"ending"除了指事物的一端，也指"终结"。

此刻[1]

我想要给你些什么——

不让石头,黏土,手镯,

不让一片可堪食用的叶子从中穿过。

甚至一个分子的气味也过于庞大。

给予被祭出,你很快也将成为祭品。

我固执地献上意义明确的呼吸。

它们归于空气。

我献上对记忆的记忆,

但随着那不可靠的墨水消亡的记忆是什么?

我献上歉意,悲伤,思念。献上愤怒。

死亡的筛孔多么精致。你几乎能望穿它。

我站在此刻的一端,另一端是你。

---

[1] 诗题"此刻"的英文"The Present"也有"礼物"之意。

俳文：山间木船

去山上走一走。沿着小路踏上一阶阶木梯，经过一户户人家。在一座小屋面前，一位老人正在打制一艘船。整个夏天我目睹了这只山间小舟。它在木支架上歇息，如同马厩里的马耐心等待着傍晚的草料。今天终于涂上油漆了：波罗的海晴朗的蓝。马之梦。你能看到梦在马耳间移动。希望从老人指缝间流出，醒着的生命莫不如此。

  夏日葱绿间
  蓝色木船显露在半山腰
  颜料在晾干

来吧,小偷

窗户对景色发出庄严的沉默,
如同门卫向来访者点头示意,
"通过。"

"来吧,小偷。"
通往入口的路放行了。

火要求自身完整地燃烧。
生如是。爱如是。
永远对时间说,"亲爱的,请进。"

短句[1]

一件过于完美的事物难于记忆:
石头只有在湿润时美丽。

§

光或一块黑布遮住了眼睛——
有若干种方式
看不见别人的苦难。

§

渴望太深:

它隔开我们

---

[1] 英文标题"Sentencings"也有"宣判"之意,诗人把头脑中的想法变成纸上的诗行,亦可称为一种宣判。

像香气之于面包,
铁锈之于铁。

§

从远处或近处——
群山最坚决的褶皱是温和的。

§

像把胳膊伸进羊毛外套袖子那样,
我们倾听死者的低语。

§

一个圆圈从它的任意一点开始:
欲望拒绝满足为了使欲望延续。

§

在一间什么都没有
发生过的房间,

烟草的甜味。

§

老迈的人,手像身体佝偻着,想起他们的父母。

§

让思想暴露弱点,否则孤独。

倘若真理是诱饵,人则为鱼

在每一座真实的驿站之下,
总有另一座若隐若现。
因此人们热爱带暗格的抽屉
和克拉科夫郊外的盐矿,
可以下降,再下降,从不淹没。
一个男人虐待他的妻儿。
他说,"这就是理由"。
她说,"这才是理由"。
孩子一声不响,
看着他被带走。
倘若真理是诱饵,人则为鱼。
想想吧,
那些故事里吃剩的细骨,
那些叠加的腌鳕鱼的白。

婚礼的祝福

今天,当柿子熟了

今天,当小狐狸钻出洞穴扑进大雪

今天,当带斑点的蛋释放鹧鹉的歌

今天,当枫树安放它的红叶

今天,当窗口如约敞开

今天,当火焰如约驱寒

今天,当你爱的人已逝去

  或你素未谋面的人已逝去

今天,当你爱的人已出生

  或你无缘相见的人已出生

今天,当雨水跃向干渴的根的等待

今天,当星光弯向饥饿与疲惫的屋顶

今天,当有人在他最后的悲伤中久久静坐

今天,当有人跨入她第一次拥抱的炽热

今天,让这束光祝福你

连同朋友们让它祝福你

连同雪的气味和薰衣草祝福你
让今日的誓约放肆、彻底地保存
无论说出还是沉默,在你耳内把你惊动
无论睡去还是醒来,在你眼内径自摊开
让它的热烈与温柔托住你
让它的宽广在你所有的日子里延续

十五颗石子

如井中窥月

如井中窥月。

月影
被看的人挡住。

饥饿

一匹红马在啃食青草。
一只乌鸦
从土里挖虫子。
女人羡慕地看着这样质朴的事。

山与老鼠

都移动。
只不过一个比另一个更慢。

相同的词

从不同口中
说出不同意思。

熟悉的楼梯

盲人
毫不畏缩
走下熟悉的楼梯。

只有那些
害怕失去的人
在黑暗降临时
变得胆怯。

暴雨在一枚孤立的叶勺上肉眼可见地闪耀

像悲痛

占据一些人的生命：

有什么

始终仰赖挺直的脊柱。

玻璃

讲故事的小孩子

面色纯净如一块玻璃。

此外别无获取真相的方式，

除了发明那可能存在的故事的外在。

油漆

我们看见的只是油漆。

然而心

能辨认出墙，

如同生认识死。

一种历史

有个人最先想到:
阉割一头牛,使它驯服,套上挽具去犁地。

后来有人发现木轭可以驱使两头牛。

然后,奴役翻倍。
铁路,飞机,工业船只把鲑鱼制成罐头。

追忆

当听觉削弱,你的话便多了起来。
一种仁慈。

现在我必须偿还。

混沌的花瓶

终于,
我丢掉了那些花,
把混沌的花瓶

洗净。

那熟悉的
透亮
一跃而返，
像一只训练有素的虎
重新盘踞。

丧失之完美

如同思乡者
在漫长的放逐后
重归故土，
他经历了第二次失语。

夜与日

我是谁——猫头鹰在发问。
乌鸦说，该起床了。

索诺玛[1]之火

硕大的满月,余烬深处的橙。
连同那气味。
他者之痛——美,在远处。

摊开手掌,从这里到这里

漆黑的路,只感到绳子的重量。
但马还在。

---

[1] 索诺玛(Sonoma),美国加利福尼亚州索诺玛县的一座城市。

好人

我卖了祖父的怀表,

它的玫瑰金和点刻图案

将被熔掉。

机芯已无法修复。

表盖脱落。

表链——本应有一条——

也不见了。

表盘的字

用一根专用的鬃毛漆上去。

我摸了摸上条柄,

把它递过柜台。

对面的好人接过它,

仿佛我把它交给了史塔西[1]。

在手上掂了掂时间的蜜。

---

[1] 史塔西(Stasi),德语"国家安全"(Staatssicherheit)的缩写,指德意志民主共和国1950年成立的国家安全机构,通称"史塔西"。

鸡蛋意外冻住了,引我思考人生

鸡蛋意外冻住了,

引我思考人生。

但我还是加热了黄油。

蛋壳轻易剥落,

内里那么透亮

仿佛已经煮熟。

我在平底锅上拨弄它。

蛋白一点点

坍塌成透明的液体,

然后逐渐凝固

崭新如刚洗好的衣物。

蛋黄保持了本来的形状。

不是煎蛋,不是炒蛋,

它只是熟了。

加一点盐和胡椒,我把它吃掉。

我同病相怜的人生把它吃掉。

那味道类似一切搞砸之事,

蛋质的柔软,一场盛宴。

三条腿布鲁斯

你得到的
总是多一个,或少一个。
差一点发生的从未发生。
可能失去的必定会失去。
乌鸦将吃光你的花园。
其余被野草统领。
你的猫将剩下三条腿,
造福你檐下的老鼠。
一个朋友将霸占你的丈夫,
另一个穿上你的裙子。
不,这并非你所愿。
你不会做此选择。
你的地板向来不平整。
你的屋顶已尽到了责任。
生活赐予你——
一双挤脚的鞋。
差一点发生的再不会发生。
可能失去的,你终将失去。

庞贝

那些房子活生生地
变成了庞贝城,
没人打扫,也没有清空。

灾难超出了意外。
心脏骤停的方式不止一种。

有时房子的钥匙丢了,
有时锁不见了。
有时结束意味着门尚未敲响。

我的运气

我的运气
躺在路中间
铜的一面朝上
铜的一面朝下
熠熠发光
我从它旁边走过
又折回
捡起来
晃了晃
我快要装满的
乞讨的碗
我把它放下
留给下一个人
我弯腰
再直起腰
铜的一面朝下

铜的一面朝上

在空气

和大地之间

留下我拾起的

运气

手保留其容纳或制造之物的形状

手保留其容纳或制造之物的形状。
时间接过递来的东西——热乎乎的面包,一块石头,
一个孩子用手指抵着书页以免漏读。

你的被爱过的脸独自变老
揭示我脸上相同的变化。
我看见它记载的历史,它对抗过

激荡的树,疾走的云,鸟与天空赛飞
总是输掉:
   皱纹加深,坚固的颧骨除外。
我的手指触醒它的记忆。

曾经我们是一个。但接下来,时间,或手,
把我们从共同的未来里擦除。
对一些人来说,未来容纳手放开的而非制造之物。

我们搭建一座桥。走过去。给夜晚的寂静
镶上热情的花边。
然后，猫头鹰的哨子代替了我们。

黄蜂离开了。风吹走轻薄如纸的蜂巢。
我们的木房子并不那么容易拆毁，
现在为别人所有。生命保留其容纳或制造之物的形状。
我制造这些词，它们无法取代时间。

我光着身子跑进阳光

我光着身子

跑进阳光

有谁能责备我

有谁能责备

天气晴暖

我光着身子

跑进雨中

有谁能责备我

有谁能责备

一场大雨

我接近六十岁了

这一天就要结束

辑四：选自《来吧，小偷》（2011）

雷声轰鸣

于是

我渴望更多

呼喊着再多一些

有谁能责备我

有谁

似曾相识

责备我

渴望更多

辑五：选自《之后》（2006）

Section V: from *After* (2006)

长久静默之后

礼貌逐渐褪色,

一道小鲲鱼之光
正从倒扣于沥水架的锅子上离去,
月亮早已漂移到窗格之外。

一种迟来的自由,发生在黑暗之中。
喝剩的汤也收起来了。

差异很重要。一只山羊平静的脸
应该称之为高贵
还是冷漠?适当的严肃与傲慢之别。

无法翻译的思想必定最为珍贵。

但词语并非思想的结束,而是它的开端。

辑五:选自《之后》(2006)

神学

假如苍蝇没有急着撞向窗户
它们也会死在别的地方。

其他生物会选择另一维度:
        躲入
一丛灌木,或游到一条小溪
荫庇的凹岸。

      我的狗擅长让她的网球
消失在类似的凹陷中,
先用两只爪子把它按进水底,
再疯狂刨挖,直至它再次弹出水面。

那是一种游戏或神学,我分辨不清。

苍蝇不妨选择一条鳟鱼被黎明之光授勋的嘴,

选择其干脆和速度,
      如果它力所能及,
但它终究不是那样的物种
通常没有选择余地。

一只边境牧羊犬甘愿彻底投入一件事,
全心全意。西蒙娜·薇依称之为祈祷。
她的祈祷也往往如愿以偿——
      网球
再一次被召回水面。

当一个朋友新收养的流浪狗得了犬瘟,
诊断活不过一个月,爬到门廊底下等死,我的朋友
    也跟着爬过去
拉她出来,说"不许这样!"

仿佛活着可以单纯通过训练达成。
那条土狼犬吓了一跳,乖乖听话。
现在我每次开车到访,她都小跑出来迎接。

一只萤火虫的夜晚在窗外扑灭,
这个故事不可思议,但大家都迫不及待去相信。

希望：一种分析

79岁上，我的朋友说，"我的想法不再如故。
从前我以为我们会改变，但现在我不太确定。
我们与黑猩猩无异。
像黑猩猩那样搏斗。我几乎丧失了先前的企盼"。

他现在还在搏斗吗，我忍不住想，
还在与他自己或别人的人性本质抗争吗？
而向来对改变悲观的我
在看到他的变化时生出了希望。

天空:一种分析

一只鹰从中滑过,爪间
一条仍在扭动的蛇,长度几乎是它自身的两倍。

辐射,烟雾,蚊子,马勒的音乐从中滑过。

天空腾出位置,调整自己空灵的双肩。

天空不会变老也没有记忆,
不记仇也不抱希望。
每一个早晨都崭新如昨,抚平不复鲜明的
最初印象。

雷暴、雹暴和雾的命运
未曾给予天空警示,
它从每一扇窗的缝隙一跃而入。

不管是猛烈或温柔的言辞,
词语无不借助它的形象。
天空的提案开诚布公。

即便阴天也是晴朗的,
天空不树立典范,不提供镜像——无论阴晴——
面对一颗平凡的心:那些秘密所在,
嘈杂的,家务的,以粗暴的漠视回敬天空的冷淡。

于是我们把它从视线中筛掉,绕过它,穿过它,
直视那同样的无常与嬗变——
终将腐朽的青山,亏蚀的月亮,遥远但注定灭亡的
　　星光。

雾团

一团雾就像一群小野牛
吞吃掉隔壁花园里的
杜鹃花,鲤鱼池,池中赤金的鲤鱼。

保持专一意味忘我之境。

雾四处觅食,
整个早晨在浅滩上啃牧,
在我和山的命运间没留下一点足迹。

习惯的不代表会一直发生

习惯的不代表会一直发生。
比如有时候,人老了,听觉却突然恢复。

脚步声重拾激越的回响,
沉寂数十年的鸟鸣迁徙回耳朵。

它们去了哪里?又从什么路线折返?

一个失声多年的女人
在临死前拼出了一个完美的句子。

对挣扎感到疲倦的年轻人
如今坐拥一个温和的老年,
脸上没有对以往选择的遗憾。

习惯的不代表会一直发生,今日再一次印证。

这是每一天最好的礼物。

无关乎无谓的希望,也无关乎传说的慰藉。
我们只需谨记例外的存在。

辑五:选自《之后》(2006)

狗与熊

早晨的空气
在雾和细雨间吹拂,

仿佛一只白犬在雪地里
嗅到一头雪中的白熊
尽管它并不存在。

比视觉更深邃,
比听觉更灵敏,
它们对峙着,瞪视彼此。

有那么多失聪的耳朵,不管天气如何。

心有群山,
霍普金斯[1]在悲伤中写道。
而那一天,狗钳制住了熊。

---

[1] 杰拉尔德·曼利·霍普金斯(Gerard Manley Hopkins, 1844—1889),英国诗人。

瓜与昆虫的习作

一个不太大的畸形瓜休憩在白色背景上。
近处有一只甲虫,一边翅翼略高于另一边。

为什么是这两样事物。
画家完全可以拿一根奇崛的松枝和它庇护的鹭鸶来练笔。
也可以勾画出一万条鱼像罗汉般嬉游[1]。

然而它们穿越了几个世纪来到这里
如同一桩婚姻中不太匹配的两半
在一条长椅上相逢——

六十年了,有时我还会觉得他很陌生,
老妇人佯装抱怨。

---

[1]《金光明经》中有流水长者驮水救万鱼的故事。

替身

我越来越感到好奇了
对于这个陌生的女人——
她的毛衣和外套与我别无二致,

她吃面包喝咖啡的口味
也和我接近,
她睡觉时我也睡觉,醒来时我也醒来。

在她身上
动词形式结尾的 s 恰如其分,
发生过的仅仅是客观存在。

我却对最微小的失误感到不安——
想不起来的人名,忘记归还的书——

可我从未见她端起一只茶杯

或用手指捏起一枚硬币
就像那些东西的实质和用途她不能理解。

她看起来那么自信，
从不需要做决定，
她的失眠与我的相比好似一片树叶的影子之于树叶。

我疲惫不堪，她精神奕奕。
我一言不发；
她，从未说出一个属于自己的词
却思如泉涌，它们清晰又热烈
如一只胡蜂身上交替的黑黄条纹。

久而久之我把她当作一个冒名顶替者。
然后突然明白：
她讲的笑话，她的一语双关，对我来说其实过于
　深奥。

我们就这样存在着，尽量避开彼此，
尽管我做的饭菜，她表面上吃得津津有味，
而投递给她的信我也会出于好奇从容展开，
仿佛那个游刃有余的窃贼并不是她。我才是。

无限延长的不只是两条平行线

好几天了,那些形象依然挥之不去——

比方说,现在,
明明是加州的傍晚,
我还保持着对克拉科夫命运酒店早餐的
劣质咖啡和面包卷上美味黄油的渴望。

再拿几片面包和芝士
用厚餐巾包起来以备不时之需。

味觉首先消失,然后是听觉。
人的五感像一支尚未削尖的铅笔般愚蒙;
缺乏动机。
马的长嘴深深插进燕麦,眼睛半闭着。

三界,在任一时间点相遇,然后永远分离。

马对此一无所知,它存在于时间之外。

假如我像契诃夫小说中失眠的马车夫那样
朝它耳朵里悄悄说"克拉科夫",
它或许会愉快地接受这个音调仿佛接受一个听不懂
　的密令——
不同于慢跑或胡萝卜,
尽管那么亲切,宛如一个可以品尝的东西。

想象未来的自己

我想象未来的自己于时间中回顾现在——
此刻的我,此刻的清晨,
正喝着新年第一杯咖啡,
手中的笔几乎再一次无法撼动铁一般的空气。
我被困在自己的生命里,如同米达斯[1]被奇异的金属攫获,
多么意外啊,那并非他所期望,也并非他所祈求。
而另一个与我遥遥相望的相隔数年的我
会对我说些什么?她看向我的眼光会否带着怨恨或同情,
只因我的每一次选择决定了她未来的样子?

---

[1] 米达斯(Midas),希腊神话中的弗里吉亚国王,因救下西勒努斯(Silenus),被酒神狄奥尼索斯(Dionysus)赐予他所希望的点石成金术,后因意识到这项本领的灾难性而悔悟,故法术被解除。

归宿

我渴望着什么,渴望至极。但无法得到。
石头般无可救药的拒绝,世界因鸟鸣而醇厚,
因海星和苹果变得温柔。
"第二个路口右转",说起来多么自然,
一下子就懂了,
事物在我们的注视下抵达归宿。
而我们偏要打哑谜——
"在沉默之处折返。""将山峦交给我。"
最后我们彼此颔首,假装听懂了。

龙安寺：一种分析

在日本龙安寺的庭院，无论站在哪里，总有一块石头存在于视线之外。仿佛一种微妙的缺席从一个男人脸上闪现，揭示出他此前从未察觉的心性。在那一瞬的寂静之中，他流下了眼泪。并非因为上一秒的领悟——那早就潜伏在他体内的残暴或崇高的觉醒——而是一种他不曾体验过的充盈。

致观点:一种分析[1]

人类可能被很多种能力来定义——
但燕雀和胡蜂也会使用工具;言辞
进入世界的方式有很多种。
比如通过你,观点。

即使不太确定,
我还是怀疑唱歌的海豚是否在表达观点。

这种想法,当然,是观点一种。

无论一只蚊子对晚餐的预判多么敏锐,
那实非一种观点。这,也是我的观点。

---

[1] 诗人在2023年出版的《问:新诗与诗选》(*The Asking: New & Selected Poems*)中将这首诗名由原来的《致观点》("To Opinion")改为《致观点:一种分析》("To Opinion: An Assay")。

思索你是否意味着堕入

    你的臂弯？一丛荆棘？一
    个陷阱？

当你从我身体里顽固地升起，我感到自己在分裂
越来越孤独。
当别人赞同你，我依然感受如此。

达尔文说，无法支撑一个论证的事实或记述是不起
 作用的。

明慧上人写道：明亮的明亮的明亮的明亮，是月亮啊。

昨夜那几分钟你将我赦免。
大海大海大海——是月光下的浪花
破碎在沙滩上
发出的声音。

我放下了与生命过往的争执。

也放下了你，观点，你漂在盐水里与海带
和焕发磷光的浮游生物

一同噬咬我的小腿与胸廓肋，启示他者的终结即我
的开始。

完美的悖论，我完全同意你，我的观点，我的伴侣。

秋之热

秋之热

非同于夏之热。

一个催熟苹果,另一个将它变成果汁。

一个是通向户外的栈道,

另一个是马儿游泳时露出的瘦瘠,

河水每天变冷一个单位。

一个得了癌症的男人抛下妻子投奔情人。

离去之前,妻子整理了他存放于衣柜的腰带,

把抽屉里的袜子和毛衣

按颜色重新排好。那是秋之热:

她的手把银的皮带扣与银的归在一起,

金的与金的归在一起,每一个都好好地

挂在即将清空的衣柜中它们所属的钩子上,

她感到一种满足。

狗依然在午夜吠叫

事已至此:
三只蚂蚁,看起来各自独立,漫无目的,
在厨架上徜徉。

很多天了,它们在瓶瓶罐罐间来去自如。
很不幸,它们的奔波没有得到犒赏。

或许吹一口气就能让其中一只跌落地板。
它们的巢穴料想不在这附近——
但它们没有互通讯息,
没有向彼此寻求信心或温度。

在它们冷血的身体里:钙质,碳,一丁点镍。

无望的孤独啊,你如何远足而来
在这些纤弱的——我的姐妹们的——触须上摇曳?

麻袋

一个人浸满了悲伤

如同一只麻袋装满石头或沙子。

我们说"把袋子给我",

明知接过来的是重量。

让它留在雨中会更加沉重。

把沙子或石头想象成自我是一种错误。

把悲痛想象成自我是一种错误。

自我驮伏悲痛像骡子载着褡裢

小心翼翼不卡在两棵树中间。

骡子并非它负载的绳索或钉子或斧头。

自我也并非石匠或建筑工或马夫。

有什么理由把新娘带走

却留下丰厚的嫁妆?

有什么理由让细肋骨的骡子留下来吃草,

看它的长耳摆动像两只欢快的小狗?

一位僧人站在手推车旁

一位僧人站在手推车旁哭泣。

上帝与佛陀皆无迹可循——
这些泪水完全属于人类,
苦涩,脆弱,
落在手推车生锈的一边。

它们滑到车斗里,
被金属吸收后产生更多的锈。

你无法预知你行为的后果,或已经产生的后果。

僧人站立着哭泣。
我知道这艰难的大地上有我一席之地。

辑五:选自《之后》(2006)

为了拖延我写下这些词

这些突如其来的想法困扰了我

俨如一只牧羊犬被丢到一群羊的面前。

或许事实刚好相反——

我的生活才是难以驾驭的羊群,被驱赶着。

夜晚,

它们卧伏在山坡的草场,

镜像中的羊群被镜像中的牧羊犬

斥逐,跃过岩床,

涉过窄溪,借着星光饮水,啃牧。

今天早上,我从陌生的镇定中醒来,

为了保持这宁静的不被搅扰的存在,我写下这些词,

为了拖延那随之而来的其他词语。

致荒芜[1]

  你近乎不存在,

但尚未与之完全等同。

  为此,你值得被赞美。

树叶开始脱落时便进入你的管辖。

一场早雪显露你藏身一切事物的能力。

直线与斜角是你的两个维度。

因此,尽管欲望

可以烧尽它猎物身上每一颗微尘,本身还是俭省的。

    特纳晚期的画作

验证了你轮廓模糊的单薄的厚度。

---

[1] 标题"荒芜"的英文为"spareness",当其转换为动词、形容词词性"spare"使用时还有"节省""额外""分享"等含义,在诗中均有体现。

还有尺八和大提琴的美。

"冬之晦暗。雨。听不到蟋蟀的歌。"
——你在那儿,在绳子一端用力拉扯。

想起你时,我心中升起怜悯。
我无法解释原因。

      也无法解释你为何现身一个茶碗
或一块常年被河水浸泡的石头。
  有时你的意义自相矛盾,

      可以理解为额外,却又微不足

  道——
"兄弟,能分给我一毛钱吗?"[1]一个瘦男人对另一
 个瘦男人说。

一个房间无论多么拥挤,你始终占有一席之地,
宣告着:
   "此物,非彼物。"
数学符号中谦逊的"<"指向你。

---

[1] "兄弟,能分给我一毛钱吗?",此处借用美国20世纪30年代大萧条时期一首影响深远的流行歌曲"Brother, can You Spare a Dime?",由叶·哈伯堡(Yip Harburg)作词。

11月是你的季节无疑,

你的水果,你的红柿子在霜冻中催熟。

你是乌鸦凄厉的叫,是夜色中路边公交车的空转。

哪怕没人注意,

你依然在阐释星光洒在牛皮上的色彩。

你的主张和你一样简单,只有人类的灵魂对此感
 兴趣:

几乎覆盖了全部的无,以及少许的有。

碧玉,长石,石英岩

碧玉,长石,石英岩,玛瑙,麻石,砂岩,板岩。

有的可以磨圆,有的不行。
有的可以削片,有的不行。

同样的,一个人,容纳她自身可能出现的裂纹。

雪落在城市,落在山岳。
迟来的雁鸣穿透雪幕,
连翘花在蓓蕾深处沉睡。

每一颗石子,每一个星球,都发出可记录的歌声。
我曾听到过。
清修般的奇异。

或许,那就是唯一的归宿——
美和奇异。
音符脱离奏出它们的乐器。

要求更多吧,一个声音提议

要求更多吧,一个声音提议,我吓了一跳。

像一匹拴在树上的马

在异响掠过耳畔时

打了一个激灵。

身处极境的我向来只需少许,

哪怕对饮食,对睡眠。

懂得见机行事,那声音不再发话,只是等待。

"再多要一些"——

这是我从未想到过的疗愈渴望的良方。

好比水井原理。

无论取出多少都会回升到一个稳定的平面。

那声音表示赞同,无比轻柔地,不想惊动马蹄:

取出一杯,便有一杯复现;取出一桶,便有一桶。

致砂砾:一种分析

谈论你,就像谈论生命,部分无法代表整体。

你的一个碎片刺痛手掌,如同一个词
从句子中剪裁下来,失去安抚或伤害的能力。

总计[1]并非数学——一群人
并非其中每个人的总和,
一幢大楼并非它全部砖块的微积分;
一茶匙的你尚未构成你,尽管一粒盐可以构成盐。

你的哲学是林奈[2]式的,简单的分类。

---

[1] 英文词"aggregation"(总计)的另一个词形"aggregate"有"(可成混凝土用的)骨料"的含义,影射题目中的"砂砾"。诗人用这种词形的变换与多义来丰富诗歌内容的层次。
[2] 卡尔·林奈(Carl Linnaeus, 1707—1778),瑞典 18 世纪动植物学家,现代生物分类学之父。

你以重量为测量和冥想单位。

因空气在你之中,你可以被倾倒:
一个短暂的弧,
沿边,从车斗里泼溅而下,水一般粼粼。

事实上你既不透明
也不会温柔对待你所触之物,所以你不似水。
你似呼吸——

一个女人坐在夜间的病床边仔细分辨
一与多的声音:
你那粒粒分明的每一粒都包含万物,
你那粒粒分明的每一粒都不存在。

在物质世界与感性世界之间

在物质世界与感性世界之间必然存在一条界线——线的一边，一个悲伤的人，他身体里的细胞也是悲伤的；分子悲伤；原子也悲伤。这已经被证明多次。线的另一边，大地铁一般的意志不曾停歇。被折磨至损的大腿骨在死亡来临前依然在修复，乃至在来临之后；遗落的羊毛披风不会哀悼主人的缺失。然而卡瓦菲曾写过，"在我身上一切都化为感受力——每一件家具，每一条街道"。萨巴[1]从一只山羊的哀叫声中发现自己和万物的痛苦，今天早上，那只早已往生的山羊的啼哭——毕竟，只不过是几行墨水——在我耳中不停回响。里尔克也相信，事物渴望在我们身体里复苏。但我却向往一把曲木椅子那样沉着的认命，羡慕一只花瓶青绿色的瓶肩曲线，它无怨地接受一切置于其中的事物——盛开或枯萎的花——带着同等温柔的平衡，并不知晓二者的差别。

---

[1] 翁贝托·萨巴（Umberto Saba, 1883—1957），意大利语诗人，有诗作《山羊》。

死者不要我们死去

死者不要我们死去；
这样狭隘的错误只留给生者。
他们也不要我们哀悼。
不要送他们礼物——不要愤怒，不要哭泣。
把他们之一，他们任一，归还给大地，
来看看：这可笑的雀跃的步伐，
这讲坏的笑话，这盛宴！
甚至一根黄瓜，甚至一颗茴香籽：盛宴。

2001 年 9 月 15 日

辑六：选自《加点糖，加点盐》（2001）

Section VI: from *Given Sugar, Given Salt* (2001)

使节

有一天,那间屋子出现一只小老鼠。
两日之后,一条蛇。

它见我走进来,
摆动细长的条纹身
钻入床底
蜷成一只温驯的宠物。

它们如何来去我无从知晓。
事后,手电筒也没有发现线索。

一年之内我目睹了
说不清的——惶恐?欢悦?悲戚?——
一再降临又离开我的身体。

不得而知它如何出现,

辑六:选自《加点糖,加点盐》(2001)

不得而知它如何消失。

它盘桓在词语够不到的地方，
睡在无光的暗处。
身上没有蛇或老鼠的气味，
既非荒淫者亦非苦行僧。

我们生命中有这样那样的缺口
我们对其毫不知情。

在它的控制之下
牲口们系着铃铛随意漫游，
长腿的饥渴生物，身披一层舶来的灰尘。

习惯

每一次穿鞋子
左脚先,右脚后。

每天清晨固定一茶匙的
糖分总是
搅动七次——不多不少——
溶入带有裂纹的蓝陶杯。

关门之前
摸一下口袋确认钱包还在,
钥匙还在。

我们已练就
这些细微仪式的信念,
今日的自我重复着昨日,
又寄生于明天?

那不假思索的行为多么亲昵，

牙刷在用过之后甩干的动作，

泡澡时最先拂拭的身体部位。

哪些习惯我们从他人处习得，

哪些与生俱来或许无从查证。

不愿承认

它们早已嵌入我们的命数。

打开行李箱——

看这件心爱的红毛衣，

项链与琥珀耳环明亮地纠缠。

在在印证：这些为我所选定，我。

然而习惯背道而驰：它选定我们。

我们是它乖巧的坐骑，

看见马嚼子就迫不及待张开嘴。

画谜[1]

你必须以手中之物运作，

红泥象征悲伤

继而是黑泥的倔强。

带有谨慎或粗心之味的软泥

闻起来有河底或尘埃的味道。

每个想法都是你曾履行或未践的生命，

每一个词是你吃掉或弃于餐桌的一道菜。

的确有苦涩的蜜

没人主动享用。

只有泥将之服下：疲惫之蜜，虚荣之蜜，

残酷与恐惧之蜜。

---

[1] 画谜（rebus），一种以图画来表示部分音节或字面意思的猜谜游戏。

辑六：选自《加点糖，加点盐》（2001）

眼前的画谜——顽固而滑腻的陶衣[1]，
河底，我消耗的一生——
何时我才学会朴素而缓慢地
阅读它，除却希望或欲望的色泽？
不为掌握，只为看见。

水加一点糖变甜，加一点盐变咸，
我们成为我们的选择。
每一次点头和摇头都在持续，
成为一架梯子，一块砧板，一个茶杯。

梯子倾进黑暗。
砧板趋于寂静。
茶杯静静空坐。

要我如何踏入这软泥的提问？

---

[1] 英文词"slip"同时有"陶衣"和"滑腻"的意思。

记梦簿

倘若我的这些
秘密的生命
在每天清早突然独立了，会怎么样？

譬如那只停下来抬头看我的狐狸，
死亡正点绘它的长嘴，
宣告着——简单而明了地——"我饿了"？
还有拆了一半的引擎，
修不完的漏水屋顶，等待移送的捆好的行李？

日落时饮水的马露出云的肚皮。
激烈的拥抱多半只被记住半天。

这些装在床头罐子里精致而确切的海贝
在摇晃中磨损——
每一颗都亲手拣选，拾起，

是心怀喜悦或心不在焉,带有先见之明
还是错误的托付,我早已忘却。

眼前潦草的涂写是否更具欺骗性。
如果当它是纪念品,它一定是别人的。
就像我的每一片记忆,
似乎,注定属于别人,

属于一个与我有几分相似的女人,
我衷心祝福她,如同我祝福
大街上和商店里每一个擦肩而过的陌生人。

红洋葱,樱桃,水煮马铃薯,牛奶——

此处有一个灵魂,什么也不接受。
固执得像一个小孩
拒绝吃木薯粉,桃子,吐司。

面颊上两道泪痕,已经干涸。
嘴巴两角倔强地紧闭。

不然,你问问看,
是单纯发脾气,还是僵持着盼望更好的待遇?
在这问询之间,汤渐渐凉了。
冰淇淋化成碟子里一摊水。

此非我愿,只有这一个声音。此非我愿。
如同某些剪断的花枝拒绝从花瓶中饮水。
而心,从远处眼睁睁看着,无能为力。

词形变化终于脱离语法掌控

我还没有找到一个透过代词可以直接碰触的事物。
你或许不会同意。
你或许以为它那样简单
  伸手可及,就像随手拍拍一只老狗的肩头,而她
已经站不起来,只消卧床,端视她的王国
  上朝,退朝,上朝,退朝,直至最终
朝野散去。
我们希望世间生死如法炮制——带有仪式感的,一
  个王国。
  充满宽裕的存在感。如同法国人
在彼此尚未熟悉之前称呼"您"。
但这习俗,似乎,愈发没落了。

林氏[1]问题

我一直惊讶于诗歌中韵律之外的音乐成分并没有一个称呼。只是说"音步""鼓点""重音"未免太简单——那剩余的另一半该怎么命名?音韵,"音响",音美——做到了两者兼顾。韵脚不过是一个碎片;元音韵,辅音韵,音调均有各自意涵。这或许可以用马和骑手的问题来类比:很容易想象一匹没有骑手的马,但如果一个骑手外围找不到一匹哪怕在就近吃草的马,却难以信服。时间没有气味,没有肉身承载的形态,然而没有一颗行星、一只鹦鹉身上的壁虱、一头豹子能脱离时间而存在。即便最纯净的歌声也闪烁着不洁的观念,想象力在经验中磨炼。于是经由那未经淬火之口、之呼吸、之喉咙发出的诗的另一半音乐,在未被马蹄声丈量时,保存着无法摄取的寂静。知更鸟的歌鸣从镜中传来;深夜的犬吠加深了黑暗的影子。

---

[1] 林氏,即卡尔·林奈。

一整晚,每当我即将开口

一整晚,每当我即将开口,
总会被某事打断。
那并非什么大不了的想法——
甚至可以从一个透气的窗缝
悄悄溜走。
然而每次正当我要开口,在餐桌上,
总有人先一步说话,时机便这样过去。
第五次时,我开始觉得好笑。
发育不良的幼崽,我这样想,抢不到母亲的奶头。
我突然想把它抱起来,
从眼药水瓶喂它一滴滴马乳,
一点加热的糖水,一只獾的初乳。
突然我意识到那想法
虽非伟大,但可能是命运的转捩点。
难道还不够多吗:未传达的,未说出的。
它们眨着失明的双眼,

心瓣几乎就要被听见。

但整个晚上,每当我即将开口,

总会被某事打断,时机便这样过去。

辑六:选自《加点糖,加点盐》(2001)

冷漠颂

"假如你想打动读者,"
契诃夫写道,"你的笔调必须更为冷漠。"

赫拉克利特曾建议,"干燥的灵魂最为高贵"。

于是在众多伟大作品的中心
保存着一种疏离,
如同文艺复兴透视法的消失点,
或新买的鞋子和种子包装中
一小包干燥剂。

但消失点
不代表一幅油画,
二氧化硅不代表一株开花的植物。

契诃夫临死前在阅读火车时刻表。

他是否对更为世俗的事物更加忠诚？——

鼻息间摇晃的距离，

窗外氤氲的蓝树，

篮筐里的面包，腌白菜，煮肉。

一趟可以预知的旅行的气味。

没有一个体无完肤

或完整无缺之人能够指出。

悲伤时，请假装无畏。幸福时，颤抖。

松香

直至今日,
过了几十年,
我依然用冷水洗面——

并非为了自律,
或回忆,
或冰凉而令人醒悟的水花,

而是练习
选择
迎接那不受欢迎的。

谎言

仿佛一个伟大作曲家编织出一段灵活的主题,
　　穿插于某一乐段,再移至下一乐段,

时而交叠转位如一块柔软的布料,
时而上下颠倒像石头或一窝蜜蜂
　　看不出头尾,
　　　　但小心翼翼平衡着,风格显著,自成一体,
老套的谎言又来了。

它的音符似白脸的母牛在猛烈的星光下回首眺望。

一种难以形容的取悦。
并非来自结论,而是倾听,
　　那渴望被重新听一次的动机。

幸福没那么容易

从最后一页开始
阅读一本诗集,
蕴含治愈某类伤感的方法。

一个人避不开选择。
什么无关紧要;那样就够了——

某一种咖啡。某一件礼服。
"这是我计划抵达的时间。"
"今天,我要清洗玻璃。"

幸福没那么容易。

大师们这样描述
存在之觉醒,似乎再简单不过:
饿了,便吃;困了,便睡。

选择如此彻底，或根本只是无为？

无论怎样，一切都在合谋将它推翻。

辑六：选自《加点糖，加点盐》（2001）

整个夏天你试图应答

整个夏天你试图应答那叩门声。

山下,
新房子自我构思,
一层,二层,屋顶。

而你楼层的故事没有访客,没有家具。
那里生活着
比老鼠更小的生物。一只尚可移动的蟋蟀。

心,渴求醒来,
喝一小杯清晨的浓缩咖啡。
第一天用绿杯子,
第二天黄杯子。红杯子。蓝杯子。再回到绿杯子。

整个夏天心拨动它彩色的轮盘。

又有什么要紧如果你现在被一只狗吵醒，
夜复一夜，于黑暗中？
它来到床边瞪着眼直至你推开房门，
然后冲出去大吵大嚷哪怕没有邻居在听。

四十岁时，杜甫
喝米酒，酒杯一次次斟满，
狺狺如风中之犬。
或许那正是杜甫转世，凌厉如故，
对着时间和黄泉路上的友人呼号。

他也在猎寻某个未解之题吗——
美？或正义？——从那黑漆的外部世界？
或许，更接近一位近世的问道者，
只猎取留下嗅迹的敲门声中更为奇巧的答案？

他已离去良久。
站在门口的那人是你。
依旧，醒来便是醒来。有人陪伴是幸福的。

夜星在寒空中闪耀，红的，蓝的。

"碳基生物"

一个倦怠了幸福的人逐渐清醒。

另一个,历尽
悲伤,突然被快乐绊了一跤。

仿佛房子里一条孤单的狗,吠叫着只希望听到自己
的同类。

不需要再添加什么了。但我们偏不。

山猫,甲虫,猫头鹰

我们站在黑暗的门外
借着茉莉花香交谈。

三个女人站在一个庞然大物的脚下——
一座山背负三个人生的得失,
另一座具体而起伏,在黑暗中俯视。

一年中的新叶与新草在四下里安眠。
我们上方幽幽的某处,鹿在睡觉。
山猫,甲虫,猫头鹰在睡觉。

我们没有谈论那两座山。
我们呼吸着词语之间茉莉花的香气
并不在乎说了些什么。
唯独那不间断的喃喃之音。

入夜。鹿睡着了,山猫也睡了。
我们的命运停顿下来,伫立门口,等待着。

如同蚂蚁搬运叶子的碎片或沙粒

如同蚂蚁搬运叶子的碎片或沙粒,
诗搬运它的词。
一个接一个,各就各位。

蚂蚁可以感知一小块食物的归属,
但蚂蚁无法解释。
一首诗可以洞察词语的次序,
但诗人无法解释。

一整天蚂蚁遵循不可思议的指令。
一整天诗人遵循妙不可言的召唤。

世界或许因为他们的劳作而改变,或许不会;
晶洞剖开后有时散发冷气,有时不会。
但那不在一只蚂蚁或一首诗的考虑。

存在吞噬它展开的命途。

消散的必将消散——

你,读者,我,我们所有人急躁的愤怒和欲望。

马铃薯膨胀的嗜糖性。

老虎不动声色的发作。

顶针大小的云或石子都将消失,

一切重新安排,延续。

蚂蚁的成就属于蚂蚁。

诗携带爱与恐惧,或空无一物。

天平以磅和盎司称量外部世界

一台卷扬机,
有了卷筒和刹车才算坚固。

悲伤更为坚固,
但重量不及一枚叶子
的纹路或照在树干上的光斑。

喜悦之坚固
不如拉开的窗帘布
较其合拢之时更为多样。

情绪——无手亦无眼——
穿过身体如电流穿过铜线。
两端同等天真,同等贪婪。

天平以磅和盎司称量外部世界。

太阳不会改变

我们内心及我们之间的事。

有人视之为祝福,有人视之为恐怖。

辑六:选自《加点糖,加点盐》(2001)

骨头

活着的狗

找到了那只老狗的玩具。

她把它叼到厨房,

蓝色橡胶因经久在户外

已出现裂痕。

我的记忆,

我的数算和预期

对她没有任何意义;

但我一闪而过的悲伤

似乎影响到她。

她继续啃咬。

时间的乐器寄生于拇指琴,

双簧管,埙,笛子,狗。

它的乐章完美无瑕

流过狗的身躯。

只是歌声卡在[1]喉咙间。

她精通读心术——"接住?"

她跃跃欲试。

---

[1] 英文词"catch"既有"卡住"也有"接住"的意思。

石头

表面上看起来顽固,
不近人情,阻断通路,
不过是它孤独的本质。它孵化
一个思想如鹌鹑坐在一窝蛋上。

青苔和地衣
倾听闭锁的门外世界。
星星丈量一个冬季,和下一个冬季。

石头不假思索填补自己的影子,
它从不质询寂静
的长度。
也无畏风雨寒暑。

石头的使命在于对现实的思考:
一种看似祈祷的动作

但没有祷文。

好比眼前这块卵石,
耽于缓慢而完整的冥想。

终有一日,它损耗的思考力
会被一只蚂蚁搬走。
一只卡米拉迷猛蚁[1],
或许,正在为她均等辛劳
和均等纯粹的意念而工作。

---

[1] 卡米拉迷猛蚁(Mystrium camillae),亦称德古拉蚁,动物界中咬合速度最快的生物。

一个生命消磨了,另一个消磨我们

一个生命消磨了,另一个消磨我们。

它们鲜少碰触彼此——
如同一只猫第一次从镜中遇见自己。

而尘世间的镜子极为稀有。
轻易被一阵风吹散。

一生当中,辨认的时刻寥寥。

意识不懂得爱与恨,悲叹或希冀。
行走与呼吸均非它本性。
它不假外物。

但总有什么在经过后结束,被雨水打湿再晾干,

当一小碗干粮见底,侵入一只敏锐的梅花爪,
尾巴乖僻一摇,偏爱一个窗台
多于另一个。

平衡

平衡在即将打破之时最受瞩目——

譬如说,一头大象颤巍巍
踩在马戏团的凳子上,
又或者梯子
刚刚倾斜又稳稳靠了回去。

那些失衡的瞬间同样不可思议。

洗好的碗碟排列在沥水架上若干个小时,
突然一只铁碗哐当落地,
蒸发的水改变了重量;
一幅油画垂挂若干年,
某个清晨——为什么?——需要手指轻轻一敲归
 复原位。

你那颗反复无常的心

早已熟稔了失衡——

一阵忐忑介入,开启最小幅度的摇摆。

接着是不可避免的

全面的冲撞,

随之而来的生命将被命名为"此后"。

辑六:选自《加点糖,加点盐》(2001)

马蝇之于马

对他者的生命我们一无所知。
表面之下,有什么样奇异的欲望,
愤怒,什么样的脆弱和恐惧。

有时它闯进每日的报纸
而我们疑惑地摇摇头——
"谁会这样行事?"我们问。

未说出之思,"请不要试探我"。
未说出之思,"请不要揭穿我"。

表面之下,有什么在嘀咕,
"一切皆有可能"。

马蝇之于马,羞耻之于人。

速度与圆熟

杏子的季节结束得多么快啊——
仅仅一夜风吹过后。
我跪在地上,拾起一颗,又一颗。
把能吃的吃掉,趁瘀伤还未显露。

乐观论

对于那种复原力我越来越钦佩。
不是说枕头的弹力,它的海绵
经历一次次挤压总是恢复原状,而是树木轻柔的
韧性:一旦发现一边的光线被遮挡,
便伸展向另一方。一种失明的智慧,千真万确。
如此的坚韧不懈孕育出龟鳖,河流,
线粒体,无花果——树脂般不可压缩的泥土。

五条腿的凳子

饥饿,恐惧,好奇,欲望——
这四个
足矣。

但究竟是怎样意外的
慈悲
或一时疏忽
支配了愤怒的诸神

赐予我们这超额的喜悦?

树

将一棵红杉幼树
栽在屋边
多么愚蠢。

在这别无选择的
一生当中
你必须不断选择。

那伟大沉着的存在,
这凌乱的汤罐和书本——

初展的枝梢拂过玻璃窗。
轻柔,从容,无限在敲打你的生命。

睡眠

马,是的。
狗,尤其老狗。
当然还有人。
甚至树。

行星和原子,不会。
细菌,病毒?
未必。

大部分时间
笔在休眠,
但说醒就醒——
只需甩动一下
掠过那干枯的几画。

火焰在黑暗中休眠,

猫在日光里,
各自缩成一个温暖的圆。
一块石头静止或滚落,
但不会睡着。

羊毛
与山羊一同沉睡吗?
蹄子与牛?

无名指睡着了
但指环醒着——
誓言呢?

当一个女人被男人抚摸
有时假装
在睡觉,
只为让他感到
她醒来的喜悦。

然后,她的大腿
不再像过往那般沉睡。

心脏有时
失眠，有时长眠；
思想亦然。

我曾试图
与我的睡眠交谈，
礼貌地向它询问这个那个，
但它避开目光。

"走开，"它说，
"请让我独处。"
仿佛脱离我
它可以单独存在。

即便它心知肚明
主仆的次序。

于是我慷慨赠予
鹅毛和柔棉，
奉上甜蜜的牛奶
或红酒，
为它盖上暖和的毛毯

把窗户推开一条缝。

人们谈论着
入睡,
而事实上睡眠进入我们,
像一个农民,熟练,
自信地走入田间。

夜复一夜它耕作浇灌,
所以有时我们醒来
感觉轻快,
有时莫名忧伤。

而那个拒绝睡觉的
孩子
或许真的不需要安慰——
她祈求再等一会儿,
紧抓住小熊贴近脸颊——
但终会投降。

加入沉默的喜鹊吧,
加入硬壳的海螺和巨人柱;

摇摆的骡鹿，

悬浮的海龙，

和叹息的红枫——

全部，飘浮着，

在远处，

以夜曲的羽绒轻轻覆盖凡间。

辑六：选自《加点糖，加点盐》(2001)

轮回

有些故事世代相传,
有些转瞬即逝。
一切都如一枚沙滩上的玻璃修正此生,
在盐的摩擦中愈发遥远和美丽。

即使在今天,端详一棵树
并开口问询你从何而来?即达成某种转变。

在我们生命的某个时期,每个存在、每个事物,都
　是一面镜子。

于是自我之蜂从巢口蜂拥而出,
饥饿地扑向荨麻和蓟花的香蜜。

随之而来一颗震荡的石子或琴弦或空桶
发出回响——

那无法丈量之物持续歌唱,
在回归叙事与情感之前。

在婆罗洲,有一种棕榈树以高根行走。
缓慢而不懈,根之腿交替。

而我多想加入那踩着高跷的移行,
去感受我垂直的皮肤如它们那般:
蚂蚁的仪队,甲壳虫的高速路。

我多想不必介怀,任一切蹈履我的心。
去竭力追随叶子的形式,树皮的凹凸,根的延伸,
不可思议地,持续,向前迈进。

辑七：选自《内心生活》（1997）

Section VII: from *The Lives of the Heart* (1997)

内心生活

是褐煤的,肌肉的,化学的。

佩戴桦木羽毛,

马尾草葱绿的茎管。

佩戴钙化螺旋,斐波那契球体[1]。

可以食用;是玻璃的;陶土的;晶蓝的片岩。

可以燃烧如兽脂,如煤,

剥开后制成石榴石和鞋子。

投射影子或光,

曳足而行;喷鼻;因激动而尖叫。

是盐,是苦,

尖齿扯碎甘甜的草。

无声走入黎明掉落的蓝松针。

在网子里摔打直至被敲晕。

---

[1] 斐波那契球体(Fibonaccian spheres),意大利数学家斐波那契(Fibonacci,又名比萨的列奥纳多)在其1202年的著作《计算之书》(*Liber Abaci*)中提出了斐波那契数列,后来人们发现自然界中很多植物的生长规律也符合斐波那契数列。

耸立如城市，如蛇形岩浆，如槭树，

火红的熔岩面向大海吐芯。

在伯吉斯页岩[1]留下印证自身的

奇异的亲吻。可以被发现，被遗忘，

被携带，毁坏，歌唱。

蛰伏着，等待被冰暴露，

被干旱暴露。在钩织蕾丝的劳作中失明。

是饥饿的，饱腻的，冷漠，好奇又疯狂。

制成塑料的锡铁的压模。

固执，认真，不修边幅，

点缀在苍蝇的蓝背

和奶牛的黑脊。

漫游于空旷的鲸路[2]，布满屠杀的

白荆棘。

在芬芳的高山花毯上徜徉。

无一不在他者之怀抱中，开花。

无一不被献祭给狂喜之狮。

无一不刺痛。

---

[1] 伯吉斯页岩（Burgess Shale），位于加拿大西北的英属哥伦比亚境内的落基山脉，1909年为美国古生物学家查尔斯·都利特·沃尔科特（Charles Doolittle Walcott）首次发现，以其保存的生物化石闻名于世。
[2] 鲸路（whale-roads），指大海。

各自打开再闭合，闭合再打开

它沉重的大门——暴力的、恬静的、应许的，统统
    在承受。

辑七：选自《内心生活》(1997)

心以一计数

在中国宋代,
有两个相识六十载的僧人
望着野雁飞过。
它们去往何处?
一位试问另一位,没有回答。

短暂的寂静在延续。

没有人从禅宗公案书中
洞观他们的友谊。
没有人记得他们的姓名。

但我时常想起他们,
站在那里,被哀愁难倒,
雁绒缝在他们秋天御寒的袍子里。

就要被辽阔的青山吞没,
但是差一点。

就像那差一点被吞没的
几不可闻的雁鸣;
我们的爱,亲爱的,也不会完全丧失。

辑七:选自《内心生活》(1997)

全新的寂静

有时候

心选择关闭,

铁格子拉下来

上了锁,

主人的脚印被雪覆盖。

或许有人走近玻璃窗窥探,

但很快走开。

或许有人前来打扫,复又离去。

内部的事物

在黑暗中安顿:钟停了,

报纸均已过期。

全新的寂静无人听见

淹没在飞驰而过的引擎

和建筑嘈杂声里。

只有三只鸽子,
拒绝进食,
低着头哀鸣。

为月光所爱的世界

你必须尝试,

那声音说,变得更加冷漠。

我立刻明白。

就像神的身躯:青铜铸造,

石头围抱。只有无情之物

才能承受它全部的重量。

海滩上

数不清的小石子
颜色各异。

破碎的完整的贝壳混杂在一起。

沙钱[1],裂开或完好,
还有海鸥的残翅。

变形的玻璃
像一颗承受过疼痛的心。
空空的蟹壳。

一个孩子孤零零沿着灰色移动,
一半是大雾,一半是风掀起的海。

---

[1] 沙钱(sand dollar),一种海中的无脊椎动物,属海胆纲,外形似钱币。

她拾起一颗石子,又一颗,
放进口袋。
时不时把它们掏出来看看。

这仅有的几颗。有多少?为什么?

海浪持续在劳作中分割,
打磨边角。

可能的话我愿意与她说话,
但间隔太远,她能听到吗?
大海和大海。一条鱼的呼喊。

放缓脚步吧,年轻的灵魂,沿着
水边。请谨慎选择
你将失去的一切,尽管哪一个也没有什么不同。

静立的鹿

像一幢住了很久的老屋
堆满太多难以割舍
或沉重的东西,
一个人的心
也可以被堆满。
但终究房子会清空,
心也会。

像一个人的思想
有时随年老而清明,
仿佛大扫除降临一个房间,
灵魂也清明了;
一只麻雀的歌足以把它雕刻。
但终究房间是满的,
心也是。

清空再填满,

像清晨卷曲的朦胧之光,

一切皆为可能,没什么不可以。

填满再清空,

像傍晚卷曲的朦胧之光,

一切皆已终结,没什么不可以。

亲爱的,一切可能,一切过往,

将从我们身上流失。

我曾让你失望。

我很抱歉。但我没有办法。

根寻找水。

只不过是温柔刺穿大地[1]。

今天早晨,在窗外,

一只鹿静立着如同神赐,然后消失。

---

[1] 依据原文中不同的断句,"只不过是温柔刺穿大地"的另一种读法是"只有温柔会刺穿大地"。

返始[1]

捡起一颗耗尽的心
像石头那样把它远远丢出去。

很快便什么都不剩。
最后的涟漪
在水草间停止。

回家,切胡萝卜、洋葱、西芹。
浇上油炒一下再加入
小扁豆,水,香料。

然后是烤熟的栗子,一点辣椒,盐。
最后放入山羊奶酪和香菜。吃。
告诉你,这没什么问题,你完全可以照做。
重新开始你的故事。

---

[1] 返始(Da Capo),简称 D.C.,一种乐谱符号,指音乐行至此再重头演奏。

无以名状的心

那只陪伴了我三天的
蟋蟀
突然安静下来,
不知去向。

对于太多生命
我一无所知。
包括我自己的。此刻它正从
我的指尖过渡向你们
即便我对如何命名它的心
一无所知。

一条船漂远了
顺着山下的河流,
船之下
船中人风尘仆仆为之而来的

鱼,那条大鱼,
在阴影中浮动。

或许蟋蟀就在那,在鱼里。
再怪的事情也发生过。
我找遍其他地方
都没有我失踪的伙伴。

从这里看,那片影子很小,
但是对鱼来说它很大。
青山连绵不绝,
但古代画家
依然能找到一处
安放并肩行走的两个人。

辑七:选自《内心生活》(1997)

礼物

当我奉上一只梨子
它从我手中取用
先是
以带髭的唇,然后以牙齿
于是梨子很快
失去水果的形状
成为之间和消失,
成为骸骨,
尾巴,马蹄坚实的外壁
及草场和防火路上
微量的金子[1]——
总是如此
哪里有供奉,哪里就有回报;
这件事发生时
它小心翼翼,即使在贪婪中,

---

[1] 金子(gold),在此指马粪。

在愚痴的——不，须称之为

诚实的——不庄重之下

显示出对梨子笨拙的崇敬

并用长舌来膜拜；

当它可以分辨梨子

和手，一边咀嚼

一边望进我的脸，嚼碎的汁液

淌下来，发光的口沫如枯竭的幸福

滴到我脚上，袖子上，

我弯腰拾起它漏掉的一块；

当大蓝鹭稳稳站在

几英尺外沉思，

再度阖上一双像在太阳底下

沐浴良久的石子般的眼睛

回归倾斜与晦暗，

有一点热保存了下来；

晚间的车辆毫不犹疑

盲目驶过，烧杯在蓝色阴影里

温柔交换它们隐秘的

无法言说的甜蜜——

此际的世界是一首梵语诗中的女主角，

她的伟大在于同时呈现两种情感：

慈悲无量。死神统御所有国度。

叶子

大小似两掌相合

依然噙着雨水,

有琥珀被筛去光亮的黄,

有冷皮子的香。

无名,万中之一,

没有抱怨也不怀希望

放在这张漆过的桌上,

不是信封也不是信。

几乎什么都不是。然而在你面前,

词语心怀嫉妒默默趴伏,

甩动尾巴,

潮湿的黑鼻子卡在两爪之间。

希望与爱

整个冬天

大蓝鹭

在马匹之间睡眠。

我不知道

鹭的习惯,

也不知道

孤独

是否他的方式,

也许他曾侧耳企盼

走散的同伴——

但并不知晓

他行为的意义——

吐息声

在昏暗中回响。

我知道希望

是我们挈带的

辑七:选自《内心生活》(1997)

最脆弱的爱。
他睡着了
细长的脖子
蜷曲着,像一封
收起来的信。

晚祷

温柔对自己的作用一视同仁。
它平等地接近一切事物,
围绕兔子盘旋,也围绕鹰。
看:铁桶里,
一颗钉子,一颗红宝石——
全部的天堂和地狱。
它们在心中晃响,发出同样的声音。

心平气和

一个女人讲述她亲眼看见一只鬣狗
吃掉她的身体。
先是手臂的一部分,然后是腿。

它回过头来冷静地看着她
不带任何恶意或情感。

尽管几个月来她喂它吃食,
给它水喝,
它吞吃注视。

于是我想到那三姐妹,
命运之神,
共享一只眼。

每一个都免去了看到全貌的痛苦。

那流不出泪水的、酷似人类的眨眼赦免了她们。

辑七：选自《内心生活》（1997）

黑暗中的橘油

事物有用的部分
是精简的——
譬如数学,譬如桥梁。

甚至从那结着红柿子
或橙子的
树篱上,

精简求得
最方便的未知数,
然后消解。

艺术是额外之物:
是即兴的香气,
是长除法中不可避免的余数。

并非没有计划,
但更像一个意外,一个不切实际的馈赠。
并非桥梁立柱

构成的图案,
而是它们在风中发出的
窸窣迷人的声响。

何曾有人把它计算在内?
何曾有人能做到?
多年以来我错把

艺术当作美,
但艺术不是美。
艺术存在于铁的富足中,

空白的富足,不要求太多。
艺术只在绝望时
表示关心。

从它认可的人身上嗅到虚弱。

迈锡尼[1]的四维柱床

我们在谈论发明物时,
它们就分布在我们四周。
比如说,很久以前有人发明了
桌子,最初可能只装了三条腿,

我们每个人脚上都穿着
两只被发明的袜子,两只鞋子的
鞋带末端实用地镶上塑料箍,
还有金属鞋掌,鞋眼。

有人说 12 世纪发明了
浪漫之爱,我一直以为
那不太可能,或许我从未明白
他们说的"浪漫"是什么意思。

---

[1] 迈锡尼(Mycenae),指位于希腊伯罗奔尼撒半岛上的爱琴文明城市遗址。

纸在很多地方被发明,
用动物皮革,稻秆,黏土,
树皮,砂,牛胛骨,石头。
对于特定秘密的持有者,

整个椰子内壳亦可作纸。
有人讲述了椰子核的多种用途,
讲述了无数个夜晚
躺在运送椰子核的船甲板上,沉醉于

它散发的香气仿佛沉醉于一个
不发明出来便不罢休的想法。
楼上,墙角,一根被发明的手杖
默默倚靠在被发明的墙上。

还有那艰难的楼梯,一定有人,
在发明过程中,在建筑规范实施以前,
精心计算着最为适合
平均脚长和腿长的参数,以及年轻的身体

平衡眩晕的感知。发明

是平衡的反面：某物前倾
闯入本无一物之处，
直至出现第一个吊床，第一个网兜购物袋。

它们捕获倾斜的大脑，它绷直，
然后，像暴风雪中的树一样，
再次倾斜。有些完全倒塌，
留待其他人处理，后者或许会把

折断的木材当作初期模型，
快速地，用最少的钉子组在一起，
以便拆解和再次组装。
发明物通常会分解，鞋子

报废，鞋钉拔出来扔回铁桶，
整个铁桶再分解，铸成一个马槽，
放到外面风吹雨淋继续分解。
一个非物质的发明不会

被组装，也不会分解，
有些像迈锡尼的宫殿那样持久——
特定的节奏，传说，或认知方式。

这些发明我们归功于盲者,

好像只有看不见的人才看得透彻,
那些拥有视力的人努力模仿,譬如我,
直至视线开始模糊,
透过衰老和眼泪,意外发现了什么。

每个家庭有各自的发明者,一般得不到
专利;某某的父亲发明了嵌灯,
某某的叔公发明了一种螺丝……
想想那些我们无法继承的浩大财产吧,

要关掉房间里的灯我们只需拉一下灯绳,
拧一下旋钮,按一下墙上的开关(那种成对的按钮,
一个按下去另一个就弹起来),
或者推一下贯通灯泡底座的细杆。

也许,天才们创造的一切
都值得世界去偷取。记得斯彭德[1]说过

---

[1] 史蒂芬·斯彭德(Stephen Spender),20世纪英国诗人、作家。引文来自他的诗《真正的伟大》("The Truly Great")第一句。

"我不断想起那些真正伟大之人",
我用肥皂洗脸,刷牙,把头枕在

被白棉布包裹的填充了羽绒的枕头上,
躺在一个四帷柱的床中央——
不是三维柱,也不是五维柱,
四在此是一个无法再改良的发现。

托举在冰凉地板上困倦的暖意里,
在有待发明的森冷大地之上,
斯彭德的韵律在我耳中激荡,
激起更多的韵律,仿佛巨大海浪

冲卷着身边的陆地,退回,
再涌至,凶猛地,不断击碎
那些已然凿进完美发明中的全部词语,
形成一个不可分割的圆满。

钥匙

晨光打开湖面
如一个女人拿一串钥匙
来为房子开锁
趁其他人还在里面熟睡。
独享此刻沉静的占有。
用柠檬色的抹布揩拭
山的层架,直至它们点亮。
这不属于她。此地的主人
将提高嗓门宣示主权,
把衣橱的门不经意嘭嘭撞响。
但是现在,只有一只划艇
浮在银色水面上。
船桨被架起,桨片上滴落
唯一的声音,向着无边
黑寂的水岸扩大。
岸上,房子还在做梦:
一个红色发夹摆在木头镜台上,
显得意义重大。

蜜蜂

一刹那,有两道门。
一道通往馥郁的天堂,一道通往地狱。
通常我们哪一扇也不入。

通常我们向邻居点头,
弯腰捡起报纸,
走回房子。

但那些微弱的哭喊——极乐?恐惧?
又或者你认为是远处的
蜜蜂之音,
只管为这美好的一生酿造浓蜜?

酿酒葡萄

一开始
舌尖
感到甜蜜,
几小时后
红葡萄
仍在蜇刺,
仿佛想要
告诉我什么——
也许
是鱼钩
想要告诉鱼的,
也可能是指挥棒
或鞭子
在指挥家
或赶骡人
抬手之前
想要说的。

说谎

他将画笔举到画布前,
快速一勾,
一只鸟释向天空。
后退一步,思忖着。
觉得可怜。
又勾了一只。

钟

入夜的池塘,
几片叶子
漂浮着:
星光缺席,
水面轻漾。

即便是
脱落的事物
也相互影响。
美与痛苦在让渡。
叶子整晚
都在移动,缓慢地,
直至再次变红。

一头白牛闪着光走入这世界的每一刻

当神祇赐予你
一头奇异而可怖的生物,
请接受这礼物
恰如它是你选定的一个。

照例念祈祷文,
仔细给牛蹄涂油,
称颂并爱抚它小巧的双耳。

将宝石嵌入
那新制的银笼头。
不要省钱,不必讨价还价,
因为礼物从海上来。

待它如同对待
你自己,

无言,赤裸地
来觐见国王。

当最后的命令下达,
一刻也别犹豫——

摩挲它白色的咽喉,
和那几乎是你自己的
颤抖下垂的皮肉,
插入匕首。

没有一次
在你踏入草原时
不微微踌躇,
不身心颤抖。
天赐的礼物,你逐渐习惯。

让妒忌的神明尽可能地索回吧。

辑七:选自《内心生活》(1997)

湖水与枫树

我渴望彻底
交付我自己
如同这棵枫树
日以继夜毫不吝惜地
烧啊烧
直至最后两日
脱光全部的叶子;
像这片湖水,
接纳并归还一切
探入它
青绿体态的物质。
当一颗静止的心
不再拒绝,
世界将诞生两次——
两个地球在旋转,
两个天堂,

两只白鹭弯曲脖子

伸入减法；

鱼

在消失前的一瞬

复制成双，

我想要鱼。

想要下雨时绝对的

放纵想要

一个透明的回报。

我想要湖边野花

的位置，那里的浅滩

带有欺骗性，

一切涉足之物

都将下沉，

我想要那下沉。

我想要那些

借着黎明的黑暗

前来饮水之物，

那些

被吞噬之物。

我想要那

无需眼睛观看，

辑七：选自《内心生活》（1997）

无需耳朵聆听，

却在最温柔的碰触之下

毫无意志也毫无恐惧的

湖水颤抖的样子。

想要它

领受冰冷的月光

随意经过的样子，

要它听任一切经过

又不妄自推断或评论。

这里有一座湖，

拉拉·戴德[1]唱道，大小

不过一颗芥菜籽，

但一切归于其中。

心啊，倘若你

不会，也不能给我那座湖，

请给我那首歌。

---

[1] 拉拉·戴德（Lalla Ded，1320—1392），14世纪克什米尔女诗人。

一无所知

爱不是原因。
爱是诱饵，
瘦山羊系在空地的木桩上。

狮子在暗中
观察村庄很久了。
它不要那只
拴在木桩上
咩咩叫的瘦山羊。

山羊不是原因。
狮子才是，
它唯一的愿望是进入——
非为作为诱饵、作为
借口的山羊，
而是它为之一直猎捕的

唯一火热的生命，
它假扮成饥饿。假扮成爱。
但那不是原因。

你是否认为
狮子的骨头会思辨？
舌会吗？
狮子不想要山羊，
它只想生存。倘若必须孤独。
倘若必须忍痛。一无所知。
跟山羊一样，它只想活着。
跟爱一样。你认为心会吗？

假如鱼升至水面

假如有一瞬间

叶子向上坠落,

看似一小群

橘棕色的鸟

围绕树顶盘旋,

假如它们盘旋着突然分散

射向斑驳的金色高草

瞄准各自眼中失落的种子。

假如苍蝇在窗上开花

借着晨光,假如它们持续的嗡鸣

在歌唱哀伤和欲望。假如鱼。

假如鱼升至水面。

假如玻璃窗抓住蓝色的清晨,

假如我的手指,我的手掌。假如我的大腿。

假如你的手,假如我的大腿。

假如种子,散落草叶间遗失的金子。

辑七:选自《内心生活》(1997)

假如你的手在我的大腿上，假如你的舌头。
假如叶子。假如歌声向上坠落。假如哀伤。
假如一瞬间的歌声和哀伤。
假如身上的蓝光向上坠落，从我们手中。
假如清晨抓住它像抓住叶子。

黎明前读中国诗

又失眠了,

只好起身。

冷雨

打在窗上。

手握咖啡杯,

我思索杜甫

倾覆的酒杯。

这扇窗外,雪,

飘落了一千两百年;

在他笔下,

墨迹尚未干涸。

"文字无用。"[1]

---

[1] 诗人参考了美国20世纪诗人王红公(Kenneth Rexroth)对杜甫诗《对雪》("Snow Storm")的英译。译文有一些创造性改写,比如"瓢弃樽无绿"为"酒洒了/酒杯倾覆"(The wineglass / Is spilled),"炉存火似红"为"炉火已熄灭"(The fire has gone out in the stove.)、"愁坐正书空"为"我思忖着文字无用"(I brood on the uselessness of letters.)等。

诗人已孤老,

炉中无火。

千载的名望

不制造热。

我知道,他诗行的

格律

在翻译中流失;

留下来的,只有大雪。

白窗帘在阳光和风中

越来越

渴望学会

无为行事。

活着,像荷兰的绘画大师

观察鱼:

它们被吃光,不着痕迹。

倘若必须有所为,

就刺入吧,像庄子的屠夫

刺入一头牛——游刃有余;

转过每一处筋骨和脂肪,磨利

刀锋。什么也不带走,什么也不留下。

心返回它花岗岩山的家。

从此,它几乎自由了。

辑七:选自《内心生活》(1997)

绘经师[1]

即使隔着风挡玻璃你依然能看见
那个开铲雪车的男人
在吹口哨,快乐地,耕耘
一条又一条街,把雪转移。

一位僧侣正耐心敲打一片金叶,
世界在他面前益发柔韧,明亮。

如果今夜再次降雪,
没有关系。
他将戴上帽子、手套,
重新整肃秩序。

---

[1] 英文标题"The Illuminist"(绘经师)字面意为"点亮者",指中世纪修道院中抄写、绘画经书的僧侣,经书内文常由精美的泥金装饰图来填充。

一整天铲雪机的声音在膨胀,

比格里高利圣咏更古早的歌声在咏唱它的歌者。

冬日的金乌一点点变薄。

现在

他可以用铲斗将之归位。

抄书室里白羊皮纸上光线暗了。

墨水的笔画在加长,消磨着,

发光。

物质与精神

一个影子把自己倾空在河里。
没人看见。
但那用来刷洗逝者身体的布
更柔软,也更温和了一些。
对此,布或身体都没有察觉,
但它很重要。你看,还有一个人,在那儿,
在迟钝和盲目的恩典之中——
她静静站立,
倾听,手上缠着棉布。

邀请新灵魂入住的咒语

害羞的
小毛驴,来吧。
让世界成为摇篮。

鱼儿浮游,愉快地扎进重力。
相信路。

假如苦难反复歌唱你,
假如恐惧,
在松林的幽冥中,鹿的呼吸。
海滨长椅悲伤的鳃上闪着盐之光。
你的额鬓认识猫头鹰的啼哭。

认识树叶的气味,认识城市、河流,
道路畅通无阻。
穿上防滑鞋,认识麝鼠的游泳技巧。

让询问。

让失去和打破,让天气。
让入口彻底敞开。
欲望攀上音量的阶梯发出驴子般甜蜜的叫。

害羞的,小毛驴,放心踩下蹄子。
种子期待搭乘你的脚踝,
五筐
苹果的睡眠守护者。

沉重的辔头佩戴铃铛之响。
赞成向前走。

每当幸福被狮子包围

有时候

当我拥你入怀

我几乎能看见它们——极为忍耐地,绕着圈。

几乎能瞥见那些移动的尾巴影子,

听见悄无声息的肉垫藏起缩回的利爪。

就在那一瞬——对此我无比确信——

是它们最没有把握的时刻。

它们差点就放我们离开。

辑七:选自《内心生活》(1997)

我的生命被打开三次

我的生命被打开三次。

第一次,进入黑暗和雨。

第二次,进入身体无时无刻不在承载之物

　　开始记忆每一次陷入爱的动作。

第三次,是包容一切的火。

三者没有什么不同。

你可能会听懂我的话,也可能不会。

但我窗外那棵枫树一整天都在走出它的叶子

　　像一个恋上冬天的女人,褪下彩色丝衣。

即便我们知晓,也没有什么不同。

一道门。打开。然后关闭。但有一束光

　　留了下来,像一张落在地板上字迹无法辨认的

　　　纸片,

　　或3月的融雪释放出第一片红叶。

辑八：选自《十月的宫殿》（1994）

Section VIII: from *The October Palace* (1994)

王国

有时候
心
后退一步
审视身体,
也审视思维,
像一头狮子
静静观看
一个不同于自我
也不同于他者的存在,
影子在草间晃动。

小心翼翼但满怀好奇,
思忖它的王国。

终于看清
不可回避的一切,

辑八：选自《十月的宫殿》(1994)

心再次进入——
进入饥饿,进入忧伤,
进入最终的失控。
只为了确认,如果不为别的,
它曾经的领地。

每一步[1]

世上没有哪一处

不适合一对情侣

在彼此臂弯中轻柔地辗转,

暮色幽蓝的牧场愉快地流淌

至黎明。

没有哪一处不会沾染

上好的面包

从窗子里飘出的香气,

沾染夏日闪烁的溪流中闪烁的鱼影,

以及群树释放的赞美——

杏子,梨子——献给料峭的冬夜。

---

[1] 这首诗参照了两句谚语。一句来自中国宋代禅师玄沙师备:"尽十方世界是一颗明珠。"另一句来自《多马福音》:"天父的王国遍布在地上,人却看不到它。"——原注

匆匆,匆匆,我们看见,然后忘记。
仿佛咒语太过强大无法在舌尖上驻足,
仿佛我们宁愿负重也不要奖赏——

像一匹马
背上的麻袋
驮着所需的燕麦,丝毫不质疑,
一味直视前方,
越过那山峦,甘美的清泉在等待。

这便是它自幼的记忆,
事物的味道,冷冽而清纯——
水声不断鸣唱,徒劳地,
掠过它耳畔;
每一步都不亚于河流回归自身时
发出的光。

基克拉泽斯雕像：弹奏竖琴的人[1]
（约公元前 3000 年）[2]

仿佛奥菲斯

从中脱离的形体，

你已然

完整，已然

臻于极致。

你的脸微微扬起

沉浸在质朴、椭圆的倾听中，

如你的同类

全都那样扬着脸——

像一樽失明的杯盏迎向失明的太阳，

但有什么

---

[1] 感谢诗人劳拉·法加斯（Laura Fargas）赠予我这件雕塑的复制品。——原注
[2] 基克拉泽斯（Cycladic）文明发源于公元前 3000 多年爱琴海的基克拉泽斯群岛，以其墓葬中发现的大小不等、造型简洁的大理石人物雕像著称，"弹奏竖琴的人"是其中一个造型。

正在二者间发生。

你的手静止不动，

竖琴洁白的三角

在你大腿上保持空旷的平衡，

它的材质

与大腿相同，

是大腿物化的歌声。

但我们愈发谦逊了：

如今听到真正的歌，

便会低下头

全神贯注，

像垂悬的花穗

经历一场漫长的细雨，

或许看了太久，太多

而屈服于视线的沉重。

你的大理石

白璧无瑕，天衣无缝。

当我望向你时

你并不回望，

你唯一的方向是朝内，

引导一切进入。

于是，他者

必须由你而出,

融入欲望,

融入奥菲斯和分裂。

大地——

没有眼睛,没有耳朵

你如何知晓?——

多么渴望被听见,

即便是断舌的痛呼,

那一瞬的喧哗,

也显得理所当然,悦耳。

辑八:选自《十月的宫殿》(1994)

婚礼

无所失,无所造,万物皆转化而来。

——安东万-罗伦·德·拉瓦节[1]《化学基础论》,1789

高窗上鱼儿在游弋,

金鲤鱼之吉利,

银闪闪的小鲦鱼之吉利,

大地奉还它珍藏的

臭鼬以及被灾星阻挠的獾:

明晰的条纹在月光下

崭露,黝黑的身躯

紧随其后仿佛船只顺从风帆

令完美的形态处之泰然。

---

[1] 拉瓦节(Lavoisier),被誉为现代化学之父,他通过把氧化汞分解为汞和氧气而证实了质量守恒定律,并发现氧化汞的质量等同于分解后两元素质量的相加,以及二者再次结合后的质量;特此感谢诗人、化学家罗德·霍夫曼(Roald Hoffmann)提供我引用的箴言,它无疑也可当作佛家的教诲。——原注

万物醒觉,自由来去,庆祝这伊始:

死神表兄坐在婚宴酒席上,

白桌布闪熠,杯盘守候着,

恭迎宾客。

战争母亲抚平自己的裙褶,

她感到无比年轻,即将再一次,在多年之后

与夫君怜悯共舞。

客人陆续前来,携带礼物:

小型家电,花瓶,一沓毛巾,

纯铜的台灯。

他们呼唤彼此的姓名,慈悲,希望[1],问询

在外上学的侄子和侄女。

一只兔子慢慢向窗靠近。

一艘驳船沿河轻轻漂移,拖绳松懈了;

夜鹭和鹈鹕正梳理羽毛,铸铁的钟声

在迟缓的锈火中加热,驳船不知不觉

随水位降低。倘若无所造,将会是什么样子?

想象一派和平光景吧。

瞧,那些黑壳的思想之花还未生成,

---

[1] "慈悲""希望"的英文词"Charity""Hope"也是常见的女性名字。

小男孩[1]的花瓣也没有组装,

传染瘟疫的驴子尚未抛进围城,死者

未死,幸存者未尝孤寂。或者设想一个

一切都未遗失的世界,油画堆积成山,

镶嵌雕像还保有它们的珠宝。

但在这真实的世界中,万物转化而来,

转换之快如一个孩童在哭泣中破涕为笑——

忽而金锭,忽而炸开的灰,

忽而餐桌,忽而桌上之乳羊。

每一件事物在与他者的相遇中碰见自己,那幻化万千的

自我之镜——氧化汞从一个细颈瓶倾入另一个,

起初为二,后合为一,在那盟誓中约定终身。

---

[1] 小男孩(Little Boy),这里指第二次世界大战时美国在日本广岛市投掷的首枚原子弹的代号。

水仙[1]：特拉维夫，巴格达，加州，1991 年 2 月[2]

于是分毫不差

各地的水仙花[3]一齐绽放，

诞于它们特有的时间。

看似懵懂却并非如此，

它们包含了一切，无以名状的爆破

和每个细胞的油井火灾，纯白的花瓣

在慢动作的瓦解中镜像般展开，

丛丛花茎，蹿升如冒着绿光的导弹，

如烟，如遭受击打后

---

[1] 我所知晓的水仙花在中东地区盛放的情形来自"海湾战争"期间以色列作家罗伯特·沃曼（Robert Werman）几乎每日更新的网络期刊文章。——原注
[2] 诗人在 2023 年出版的《问：新诗与诗选》中将这首诗名由原来的《水仙：特拉维夫，巴格达，旧金山；1991 年 2 月》（"Narcissus: Tel Aviv, Baghdad, San Francisco; February 1991"）改为《水仙：特拉维夫，巴格达，加州，1991 年 2 月》（"Narcissus: Tel Aviv, Baghdad, California, February 1991"），并调整了两处诗文中的标点。
[3] 水仙花（Narcissus），亦是希腊神话中的美少年纳西索斯。

细碎颤抖的呜咽——如地毯上抖落的灰尘——

散入微风与沾满春色的雨丝。

它们盛开因为时机到了别无选择

就像彼时彼地出生的孩子

成为他们别无选择的样子,或许有难得的

机运,垂幸那些愚笨或勇敢的人。

但是分毫不差,花朵全然平静地绽放,

分毫不差平静的大地:应要求而启,

在一次次叩问中敞开,

花开花落,因为那发出质询的坠落

不可被拒绝,如同水鸟命绿色打开水面

不可被拒绝,它果断地恭迎,

请进来觅食吧——

一旦拒绝,湿淋淋地被打垮,乌黑的桃花心木之雨。

写给秋天的死者：选举日，1984[1]

至于其他的花，

那些不可胜数的，夜放的仙人柱——

出于什么原因躲开

视线，仅献身于一个夜晚的黑暗？

白天，世界的编年史不停——

德里，有六百人死亡，埃塞俄比亚，

六万印度和锡克教众穿越干旱

横跨大陆板块；

当尸体口中浸过酥油的檀香木

点燃，细颈的沙漏开始重新计时。

数个世纪以来我们看花蕾逐渐肥大：

玫瑰锈色如血，血液迸溅如玫瑰，

---

[1] 诗中提及的葬礼为英迪拉·甘地（Indira Gandhi，1917—1984，两任印度总理、任内遇刺身亡）的葬礼，引用数据来自当时的记录；但无论是印度的暴动事件（此处指1984年印度教徒与锡克教徒的冲突）还是埃塞俄比亚大饥荒（1983—1985），实际数字都远高于官方统计。——原注

萦绕于心的漂亮名字被赋予河流和造物主，
赋予鸟兽，被野草般践踏：
只因一个为某地命名的权利，
或以一个偏右或偏左的影子
来定义历史。
然而十年来降雨越来越少，
不管我们用什么语言祈求，
那消耗身体的火光被词语激发，
我们一切认知和运算能力也无法将其改变。
但我们依然害怕寂静，
我们以词句缔结誓约，任其
在舌尖上开花，种子般挥霍
因为只有短命之物恣意浪掷——

我们一个接一个，在富裕或贫困中，找到归宿，
还有我们之内剩下的怜悯和骄傲。
只好向你，那后来者，倾诉我们或将成为
最后一缕忧愁，鲜活的舌头上
残留的盐。
我们只想在死去时口有余香，
并以这一希望告慰孩子。

"感知即一种专注"[1]

——诺瓦利斯

只看见美

是不够的,

这光线

在冬日苹果树的枝条上

宛若流动的铝——

无非是树

向树外

张望的征兆,

是光

---

[1] 诗题中格言的翻译来自约翰·伯格(John Berger, 1926—2017)的《观看之道》(*Ways of Seeing*)。诗中形容的"平凡之水"来自日本道元禅师(1200—1253)著作《正法眼藏》中一段文字:"大海中有一处,洪波永不停歇。但不知何因,所有跃过此间的鱼都变成了龙,无一例外。所以这里被称为龙门,即便此处的巨浪与别处并无二致,此处的水亦是平凡盐水。多么不可思议,鱼儿从此跃过,统统变成了龙。虽然它们的鳞片如故,样貌如故,却变成了龙。"——原注

回望向光，

一个长细胞[1]的注目。

树叶亦如此，

果实如此，心不在焉

沉浸于甜蜜和婆娑的摇曳。

像雪，心不在焉

以自身之张望

覆盖树的凝视，

像盛放的花香。

只有剥离

无数个自我，

剥离那些可爱的外衣，

树之眼

才会形成一个

我们能够看见的轮廓，

黑色的根蜿蜒向下

发自于心，

我们的心同样轮生，

静默，

洪水席卷的甬道只留下

---

[1] 诗中的"长细胞"（long-celled），指神经元，或神经细胞。

生命的视觉——

仿佛镜子照见镜子,

平滑,没有色彩,

彼此间充溢

似水穿过网。

那是属于谁的龙宫?

祖母绿的鳞片在流动,

祖母绿的水;

那急啸的冲击,

潮冲的水;

那珍宝——是的还有珍宝——

水的宝藏。

辑八:选自《十月的宫殿》(1994)

地板

那些钉子,原本好好嵌在里面,又翘了起来——
而真相可能是,经年累月的
地板条开始向它的支架陷落。
用旧了,是的,但还没有报废:
眼前的工作以铁的形式展现,
它将再次被锤下去,让我们借此宣布
美的内涵。

鹰啸

我不清楚
是什么促使它来到这间
为我在早餐前生起的火
所温暖的屋子中央。
前天,它看见我便逃到
视线之外,但此刻,哪怕我发出尖锐的
无意识的动物警告,当着它的面,
它也无动于衷。
也许它病了,饿了,
数日被困在这个只有纸
可以吃的地方。也许它只是老了。
躺着,眼睛紧闭
似乎在专注着什么。
想不出更好的办法,我轻轻将它
扫进畚斗;
一次,两次,眼睛张开,又闭阖如初。

辑八:选自《十月的宫殿》(1994)

我带它出去,让那沉思的身体
滚落轻柔的草地。
几分钟后目送它挪进草丛。
整日间,世界照常运转。
松鼠们搬运橡实,两只瘦猫
在例行时间里穿过日光。
我读书,睡觉,喝更多的咖啡。
为什么一只垂死的老鼠——不管它是死是活
从表面看至少是命不久矣——
公然来到一个空旷之处?
是要借炉火的热度延长几分钟寿命,
还是出于本能宁愿献身一个
它确知会出手迅速和果断的对手?
或许理由更为简单,
几乎借助磁场,顺从于某种超越理解的信任。
当我把它交付给扫帚黄色的韧度
它丝毫没有挣扎,也没表示同意。
它只不过任一切发生,甚至在发生时
稍微看了一下。

落地的梨子

他捡起的那只，
鲜黄，饱满，着地的一边
有点擦伤。
他就从那里吃起。

一个可以破除的咒语

我不知道
该用哪种语言
来回答
这世界不停提出的质疑——

以珐琅红之语
或珐琅蓝,
以流水之语
或冰之语,

山之语,
还是拥抱第一缕光线的
裂歌之舌。

但问题不屈不挠
我只好续之

以黄瓜,以窗,
以白鹭——

有一瞬间
她用水中
优雅的黑脚
站立。
在她之下,另一个仰起脸。

亲爱的,
它们之间悄无声息。

随即,
深入苹果和地下铁,
深入烟囱,
深入盛放的玫瑰,
心的机关开始绞动,
锤打,拉锯。

辑八:选自《十月的宫殿》(1994)

为塔玛佩斯山[1]上的婚礼而作

7月,
浓艳的苹果
再次落下。

你把它们放在唇间,
如你所愿,
一种甜蜜沁入
那是大地的馈赠。

一切都向往此道,
浸于金色的蜜,
金色的山草
泰然托起鹰的影子,
托起飘过的云。

---

[1] 塔玛佩斯山(Mount Tamalpais),位于美国加利福尼亚州。

还有那些枯草，

活栎和海湾，

去品尝苹果的甘美吧

因为那滋味，如你所愿，

似你独有的生命，

而在低处，雾号躬身吹响，

恭迎归来的船只，

祝福启航。

辑八：选自《十月的宫殿》（1994）

催眠术

这些邮购来的郁金香,

出奇绚丽,

一开再开,

像一家店面,开门关门,

直至正午过度的绽放引发

猝不及防的衰竭,

猛然战栗黄与红的油彩,紫罗兰

趋近黑色,从草坪上拂落:

这是野心家合理的结局。

然而,我们之中谁不曾挑战那伎俩,梦想

追逐开阔,和更为开阔的,直至迷失其间?

可生而为人,我们退回到那再次被充实的

华丽而惊骇的存在,

坚实的肉体——如同行星的称谓——

意识的外衣。我们与周遭如此亲近

以至于羡慕它们表面的宁静,水被掬起

的静止,放任的奔流,最终
沉淀为空气。
太合适了,我们说——对于一件衬衫,一个新发
  型,量子力学之
粒子波,围巾一抖变成白鸽……
它的色彩催眠长夜,使我们固定,束缚于这星球,
窃窃私语,是怎么做到的?

辑八::选自《十月的宫殿》(1994)

课业

世界是一件简单的袍子,伸手即可套上。
每天我们穿着它醒来——睁眼,梳发——
一朵丝绸玫瑰
散开,赤裸裸呈现。

不错,那是一项再简单不过的课业
我们自愿承担,
不论其浩大:
从黄昏到黎明,

黎明到黄昏,专事赞美,又要避免
被赞美所蒙蔽。
如一只猫躺在
艳阳中,全身皮毛似火,

梦见了老鼠;

同时也要保持老鼠的耐心

于重重深屋中警惕观望,

阳光的叶簇

从未触及此间,但大地依然花团锦簇。

辑八：选自《十月的宫殿》(1994)

在消逝中永存

会怎样呢?假如世上
最严苛的提问并未寄身于
这没有答案的黄,奔放的红,
或长着黑色花心的,被刺探的蓝?
假如克制的疯狂
没有为这洁白的花香熏醉?
爱会否像郁金香
从它疾驰而过的车厢中垂首?
温柔会否拧干心
之负重,仅留下石头色的地面上
盐黑的斑渍?
这是人类的认知方式——
通过大地,通过大地上的事物,
嘴唇被品尝之物玷污,
被应季的树液,酸涩的果皮。
将听觉以外的音乐
留给狗和天使吧。
无穷的宫阙纵使无穷,却一丝不苟。

坠落的甜蜜将我包围

即使是慷慨的8月，

小孩子用可擦粉笔

在黑纸上留下涂鸦——

即使正在变熟的西红柿，即使玫瑰花，

慵散，释出红茶的芬芳。

一缕冬日之光托住今晨

坠落的苹果，甜蜜地，随心所欲

添上一笔，砸向大地。

深陷的种子还携带寒冷。

是否为此有人选择孤独？只消

腾起一点，不必承受大地之爱，

像枝条，逐渐轻盈，而风筝刚好

在金色的空气上升高一寸。但苹果爱上了土地和坠落，

从第一次触碰中纵情释放，

此后，随时间和雨，接近最终的完满：

成为骨头的同类，披着冬日雨水光秃秃地闪耀，

辑八：选自《十月的宫殿》（1994）

通体乌黑非为夏季颈项上垂悬的金坠所镀亮
而是被星光映射的寒凉泽及
趁大地尚处于黑暗和空虚中并未感知苹果的存在。
种子般黑暗的纸张,种子般黑暗的心——
12月的光,朴素而脆弱,雕琢肉眼可见的树。
但是今天,被深深刻入最后的李子,橙黄的梨,
刻入玫瑰第二次晕红,刻入最后温暖的时辰,
沉醉于热如同那早已消失进绿树的女孩,
折叠起孤独,一刻,两刻,将爱折入你臂弯。

小偷

每一株火苗都被盗取了。
于是爱侣们,
在事后,手臂或大腿轻轻
碰着,纵使天光迫近
依然在私语。
并非想要躲避狂热的
被击败的神,尽管希腊人曾告诉我们
他们以一种莫名的激动憎恨我们的幸福,
只是从那温柔升起一股
清澈的野泉,它欲望的自流井之舌
与善妒的时间紧密结合。
对鱼来说,水是无穷的;对鸟来说,空气。
我们的元素,同样取之不尽。
但谁又能停悬于欲望,
它抬高并放下双腿,伸展手臂,
加快又放缓均匀的呼吸?它将我们钉在

辑八:选自《十月的宫殿》(1994)

我们不断从中盗取的世界上,渴求不停,
饥饿首先绽放为花,然后为雪。
直至单一的芬芳满溢,我们面向
吞噬我们的黑暗打开——那理所应当
残忍的拥抱,实非那样——不,亲密,
几乎是一种仁慈,果断的攫取。
紧接着从我们臂膀间忠诚地剥离。

水面之下

就在那水面之下,鱼,是静止的。
在下午晚些时候,阳光的梯子放下来,
打破它们身体微妙的平衡。
几乎像音乐,褐色凝固的速度
与金色相交。
即便在睡着时,它们也灵动和完整,一条
穿好的项链精致得像一个假说。
一条游动了,再一条,之后全部消失。
就像一个情人走了,许久之后,另一个也走了;
但不知为何,在那片水域的另一方阴影之下,
始终都在。

辑八:选自《十月的宫殿》(1994)

成熟

成熟是

轻松的坠落。

不只是沉重的甘棠,

梨子,

还有鸢尾干枯的花瓣

从秋日的花心脱落。

让你的身体

与这世界相爱

因为它将一切成熟

灵巧地

交付与你,

并从你身上带走

同等的成熟和从容,

赐予你果实。

无论你承受的试探

多么锋利——

哀痛,或巨大的爱——

终将在那干净的刀片上留下痕迹。

辑八:选自《十月的宫殿》(1994)

神明并不高大

但也许

心

不渴望

被理解。

你的影子

落在它的池上,

小鱼

迅速游走。

它们有

自己的生命,

并不爱

你的。

假如对你而言

是愤怒,

张皇失措,

悲痛,

对它们来说

不过是活着:

它们的嘴

一张一合,

它们的鳃,

它们被喂食,

它们呼吸。

神明

并不高大,

存在于我们之外。

他们是鱼,

操心着

自己的事。

辑八:选自《十月的宫殿》(1994)

心如折纸

每一个都有自己的形状。
两只睡鸳鸯,表示爱。
一匹战马,表示无私的勇气。
日百合只开一天的花,表示对死亡的恐惧。
年复一年无休止的折痕,纸磨薄了,
依旧渴望折出全部。
世上没有一个生命不会成为心的选择。

人世之美

有人描述过

那只置于火上的铜牛,

它会在腹内之人死去时歌唱。

那声音曾钻进哪个国家哪位帝王的耳朵,

并不重要,可以肯定的是

那物什由奴隶打造。

一种非人世的音乐,没人会有异议。

我们——文明之人——对这则故事

望而生畏:不是我们。亦非吾国。

但为什么我的心在望向我时

充满责备?还有那牛的目光?

天堂之石

此处,在河流淘洗过的地方
露出了天堂之石,我们用颜色为其命名——
羊脂玉,翠鸟玉,玉似青苹果皮。

此处,在佛兰德斯大师们
色彩的光点中,我们品尝葡萄酒;
借他们窗边温暖的太阳歇息,
愉快地跨过清洁的地砖。
每一处细节都像鱼儿跳跃——明亮的水之碎片
出于水中,刻面切割,迅捷
凌驾于无数白骨之上。

每一只棕林鸫都可施展——他歌唱,
不为填充这世界,他自身已盈满。

但世界并不因我们满足,
它不断溢出,呼呼扇动猫头鹰的羽翼,

日升，日落，震慑我们以行星之环，以恒星。

嘉年华的帐篷，彩旗飘扬。

噢那烤出酵母味道的面包师，

舞剑者，

女裁缝，编织碎玻璃的人，

噢那旋转的风，吞吃船只的浪，

冒芽的种子，

噢那在我们耳朵里唱出 O 形的四季——

我们将你的颜色命名为羊脂，翠鸟，玉，

我们将你的颜色命名为无烟煤，虎鲸，松树新翠的
　枝端，

我们命名它为琶音，池塘，

我们命名它为不灭的细胞螺旋，着火的煤矿，盐
　之花，

我们命名它为屋顶防水铜，晨霜之味，烟熏的
　珍珠，

从黑色之花到浅色之花我们命名，

从最贫瘠的概念，差点错过的想法，和最沉重的物
　质我们命名，

从透光的冰川蓝到金黄的美洲鬣蜥，我们命名，

命名，以至于看见，

看见，以至于集起大地上平凡的石头。

辑八：选自《十月的宫殿》（1994）

辑九：选自《重力与天使》（1988）与《阿赖耶》（1982）

Section IX: from *Of Gravity & Angels* (1988) and *Alaya* (1982)

在蓝色和金色的网中

当那条泊船浮起,一瞬间,
如一小块云升出水面——
我忽然明白了。
它漂在那儿,与寂静对峙,
白色船身映在玻璃般光滑的表面。
一个不起眼的奇迹,全没有目的。
缆绳上的水鸟从容接纳这一切,
在恢复鸟类思维之前
丝毫未转移自己的重量;
鱼延续它们与正午世界
平和的休战,停悬在几英尺之下。
我瞥见它们的微光,嵌了宝石的,闪耀的鳞片,
小型的龙守护着再平凡不过的宝藏。
多令人诧异啊,我们在一片蓝色和金色的网中
结成彼此的亲缘,
却常常无法胜任最普通的事。

辑九:选自《重力与天使》(1988)与《阿赖耶》(1982)

召唤

8月之夜,浣熊,
从这扇被人类带着盐分的手掌
摩挲了整个夏季的
后门:偷偷进入 & 进食。

听着,戴面具的小家伙,
尾巴濡染黄昏条纹的
毫不忸怩的土匪:
听着,狡猾的绿眼睛的小家伙:
我愉快地让与你们
这些每日料理的物什,
垃圾,谷类,
收割的粮食和收割的心——
但愿你心满意足
在沉睡的时辰里
啮咬一切没有收起来的东西。

但愿你察觉这房子
多么好客,
多么实用,
贮存了足够的物资。
我将接受你的遗留物,

正如你接受了我的,
在我们各自惊异地返回
将我们划分开的黑暗之前。

辑九:选自《重力与天使》(1988)与《阿赖耶》(1982)

听见坠落的世界

当我以某种方式活动手臂，
才会感受到它。
恍如每年此季
光在树叶间弯曲的样子，
一小片悲伤，像一只鸟，点亮了心。
它埋在我体内，一粒种子
在没有清扫的角落，裹着外壳，看起来很安全。
它们守护我，这些细碎的疼痛，
使我免于太过自信，
免于遗忘。

对话

一个朋友说,

"我一直在练习变成一个老太太"。

另一个回答,

"我觉得自己还年轻,大约十四岁"。

而当我面对镜子

一只黑鹂抬起羽翼,

幽暗的,肩上一抹鲜红,

并没有女人

把花别在

她起起落落的左胸上。

辑九:选自《重力与天使》(1988)与《阿赖耶》(1982)

缺乏激情的公正

我邻居的儿子,在学弹钢琴,

手指抚过一段乐章

一次只弹一个音符,每次间隔时间相等,

每一声都响亮,清脆,

刻意得仿佛一只骆驼走过沙漠的步伐。

对他来说,一切都缺乏激情,只是完成角色;

于是,给予翻开的乐谱上每个音符以同等力度,

俯首面对那艰巨的任务,

像一个士兵或圣人一样:面无表情,将自己完全交给

一种他无法理解的顺从。

他不偏不倚,在我看来,

称得上公平。但公正不存在于

我们所理解的音乐,不存在于我透过窗子瞥见的

草坪对面那男孩身上模棱两可的美,

也不存在于他未来的身份,多年以后,无论他成为

　　怎样的人。

就现在而言,他没有觉得不同:
对的或错的音,只为了练习而练习
熬过整个傍晚,熬过挫败和失误,
熬过童谣,勃拉姆斯,稳步向前的漫长彩排,
终于习得那古老的规则——人类的行为即审判,
每一个音符都在与邻音抗衡。
缺乏激情的公正终将落空,背离。

辑九:选自《重力与天使》(1988)与《阿赖耶》(1982)

穿红衣的女人

有些问题注定没有答案。
它们逐渐变成你手中熟悉的重量,
像口袋里拨弄的圆石子,
顽固,冰凉。
你用手指摩挲它们的表面,
最后迷失在
旷日持久世界的盲文中。
无论从哪一扇窗望出去,都一样——
枯黄的树叶,趋近冬季的光。
一辆卡车经过,载满木柴。
一个穿红色羊毛衣的女人,
窥见你的目光马上看向别处。

发情

我的母马,在发情时
会沿着篱笆逡巡良久,
马蹄磨损着
将烦躁传给大地。

数英里之内不见一匹种马,我劝说她,
放弃吧。

她的鼻孔翕张,
滤过风中的信息,又开始移动,
她的下腹因汗湿而变暗,
在大门前停留片刻,等待
我接下来的动作。
噢,多么
感同身受,我轻易地
从那无边的欲望中认出自己:

辑九:选自《重力与天使》(1988)与《阿赖耶》(1982)

来到这片草场

只为目睹她的演出。

奉上一只手,一桶谷子,

一分钟尽可能的效力

去分散那热情。

她再次返回那灼伤她的:

篱笆,篱笆,

期望我能看见,并给她自由。

那一刻我多么羡慕她,

如此不安地沉浸于

她的发情,需求,以及可以

填饱我们存在的东西——

只需打开

一匹马的缝隙,

剩下的将顺理成章。

毫无疑问我知晓这一切,

我拥有食桶

和辔头的权利——

她会央求我,一点点靠近,

走吧,生命太过短暂。

而欲望,欲望那么长。

饮

我多想把你的黑暗

聚集在手掌,如同掬起一捧水

喝掉。

这愿望就像

我想要轻触你的脸颊——

就像——

9月底的飞蛾

落在卧室窗外

贴着冰凉的玻璃不停扑扇;

就像马在水边

弯下修长的脖颈,饮水,

然后停下来抬头看一看,

再继续饮水,

将一切从水中汲取,

一切。

重力与天使

毫无预警,我又一次

渴望通向你大腿的路,

手拂过它经历的长途,

你那因盐而光滑因高潮而光滑的大腿,

我渴望品尝你,餍足,

在我的舌尖之下(那欲望的坐骑,

我的舌头)加之我渴望

所有无以命名的,柔软的,屈服之地,

肚腹 & 脖颈 & 翅膀生长的地方

如果我们是天使,

我们就是天使,加之我渴望你身上的起伏地带

肩窝 & 阴茎 & 舌 & 呼吸 &

刹那间

你完全打开的

囟门,欲望,全部周而复始

仿佛第一次,回到最初,

直至我开始怀疑

我们是否还能感知自己的身体,

感知到净化了我们的

喘息的大地,

当夏日黎明的分贝上涨

一切由此弥合。

辑九:选自《重力与天使》(1988)与《阿赖耶》(1982)

今夜数不尽的星

今夜数不尽的星

让我想起

卡图卢斯和他的莱斯比亚[1],

他们从一数起

但再也停不下来

直至每一位学童

都能为他们的亲吻正确发音,

永无休止,

浑浑噩噩记诵异样的热情

和遥远悭妒的老太婆——

古老的爱的算术,

为心所消化,

痛苦地,

以一种年轻的异国语言。

---

[1] 莱斯比亚(Lesbia)是古罗马诗人卡图卢斯(Gaius Valerius Catullus)在自己作品中臆想出来的人名。

晚秋的黄昏

其实,我们不该责怪这个世界,它有红的
蓝的星星,有黄梨子和青苹果
散发出使你感动落泪的清香。
其他也大同小异——
女人在洗手池边挽起袖子,
瘦弱的牛被引导着套上轭,
春天的雪片轻得不可思议。
那么,我们将如何承受,当我们隔着黑暗
去猜测那些生命?
她们如何一边用棉布擦拭陶瓷盘子一边哼着歌?
她们有多天真?

辑九:选自《重力与天使》(1988)与《阿赖耶》(1982)

1983 年 10 月 20 日

在一个安静的秋天早晨
我读到一场战争的统计,
就像随便哪一天——
随手翻开一个有失公允的、不完整的名单,
尽管数字被记录在案。
没错,莎草纸经过四千年的磨砺
越发不可靠了。

为了冬天的花园
玫瑰已修剪并小心绑好,
泥土堆在根部。
怎么办呢,假如我们看过安提戈涅,一刻情绪的宣泄,
在回家的车子里大吵一架?
假如悲悯不能治愈我们?
而我们一败涂地?

我看着我的双手,指甲缝

因劳作变得脏兮兮。

但我明天依然会料理护根,

继续绑扎,剪枝,强加的秩序

终究逃不过愧疚。

有一句来自古希腊的合唱:

"唱吧不幸,不幸,但愿善统领一切。"[1]

然而谁在审判,谁的心会中意这曲调?

---

[1] 诗中引文 "Sing Sorrow, Sorrow, but Good win out in the end." (英文为 Richmond Lattimore 译本)出自古希腊剧作家埃斯库罗斯(Aeschylus,约公元前 525—前 456)悲剧三部曲之《阿伽门农》中的合唱。翻译家罗念生根据夫楞开尔(Edward Fraenkel)英译本把这句译为"唱的是哀歌,唱的是哀歌,但愿吉祥如意"。

阅读布莱希特

一个男孩把雪裹在石头外面
掷向他的兄弟。
两人将终生铭记这一刻,
丢石头的,和被吓哭的。
他们之间纠缠不清的爱包含了这个举动。

具有同等效力的,是布莱希特的文字,
他从未遗忘
一个人以艺术或国家的名义
对另一个人做了什么,然后用力挤压这些诗,
丢出去。

回忆一幅宋代山水

石拓的墨迹均匀分布

给月亮留出一个位置:空白的圆,

竟能凝聚如此多的光?

月下,山之梦

迷失在

一间孤零零的,茅草屋。

草屋没有赋予山

或月亮额外的含义——

它只是漫长跋涉后一个可以舒缓视线的地方,

仅此而已。

心,尚未展开卷轴,

为这样的细节感到安慰:

一杯绿茶救了我们,慢慢拓展成,

一座湖。

使我们相通的习惯

今夜，当你轻抚我的脸，
我想起了格雷戈里的死：
他怎么知道你愿意？
好几周没刮胡子了，
那天他要你替他刮。
那是一件，我此刻意识到，
他的妻女无法为他做的事情；
我想象你突然不太确定的手指，
它们向来以习惯的角度运作
直至那一刻。
你的手缓慢恢复记忆，
你替他刮胡子正如你父亲曾经为你做的那样，
粗大的指关节，难以形容的愉悦。
一个人可以给予另一个人的多么少啊：
给不了勇气，给不了时间。
他头部的重量在那几分钟内

依赖你的手，然后不再。

一首童谣的曲调流传了

若干世纪，歌词的含义早已遗忘。

辑九：选自《重力与天使》（1988）与《阿赖耶》（1982）

秋天的楱梣

多悲伤啊,

那些没有实践的诺言。

它们停在我们口中,

使舌头变得粗糙,随自己的意愿而活。

房屋为他人建造;

牛奶瓶排列在每日清晨的门口

然后被取走。

哪一个才是真的?

作曲家耳中的音乐

还是交响乐团松垮垮的演奏?

世界是它自身朦胧的翻译——

残缺,动人,尽是破绽。

这就够了。

童年,马,雨

又下雨了:
世界仿佛一条鱼
被按在水流之下,刀片
正在刮光鱼鳞。
它双胞的眼睛大睁,凝视着
非死,非活。
以此方式,我们蜕掉野性的自我,
毫无畏惧,如同水在风吹来时蜕掉它的光洁,
影像破碎了,白屋,苹果树,
马一边吃草一边因晚夏的蝇虫颤抖,
上百双翅翼拂过它们湖水般的背脊。
还有狗,看见我没有开门,
便躺下来酣睡:在梦中
追逐鸟儿并轻柔地吠叫。
当门终于打开,她使尽全力
在她黑白相间的狂喜中冲入

大地的潮气，归来时甩落身上的雨水

播种在厨房地板上。

很晚了，碗碟已洗好收起。

我用毛巾把她擦干，她从容抬起脚，宛若一匹训练
　有素的马

使蹄铁匠的工作更加容易：

耐心站在一旁听烧红的铁滋的一声

浸入水桶，冷却时形成一只马蹄

特有的曲线，再修去嫩肉外层的角质；

短促的敲击发出铃铛的呜咽。

如是我们学习站立，为了来到这世界。

摇篮曲

摇篮曲,名词:1. 一种使孩子安静下来或哄他们入睡的歌谣;催眠曲。2. 此类歌谣的音乐。3. 晚安或再见,告别。

——献给 D.M.(1890—1985)

欲望永远存在,

只是形状

随欲望的内容而改变,

每一次的爱都让位给下一次,

从那孕育出

第一声不可思议的心跳

延续

变成世界尽头升起的

  明月般的脸;

变成教给你鸿蒙之初

  饥饿的奶水；
变成摇荡的乳房，温暖的肚皮，
  双手，唤醒身体
  原本的意识；
变成掖好的毛毯，确认生命
   挺得过黑夜的信念；
变成悬浮的色彩，第一次诱惑，
   来了走了；
   变成一支脱离嘴唇
   漂泊于未知的歌；
变成渐渐惑人的纷扰，
变成第一种力
   去索求；
变成第二种力，
   去行动；
变成第三种力，
变成孑然的自我。

于是，欲望达到顶峰，
枝上缀满了花，
陌生人洁净的手激起
笨拙而上涨的热，

智慧日益坚定在体内扎根,
它呼叫着终于在彻悟中迸发——

直至音乐的浪潮整个席卷
全力灌入双耳,
新的欲望蠢蠢欲动
变成庄严的骨头,重力,
变成庄严的血,负荷,

最初的苹果滋味出现在舌尖,
踩踏大地的步伐再次减缓,
脸的地图更加细致了,国土被确认;

新的爱将接踵而至,
只要心
足够宽敞,懂得腾挪:

爱事物的结构,
　　光秃的树枝;
爱过度的,欠缺的,
　　不合时宜的;
爱金色的网,

诺言和狡猾的词；
爱大腿上
　　　逐步衰退的力；
爱每一天
　　　离开眼睛的色彩；
爱手腕委弃的
　　　优美曲线；
爱一切
　　　从肉体消失的力量，
　　　开口告别

对忘记聆听的耳朵，
对磨损的神经末梢，
对退回战壕的呼吸，
对已经疲倦了把大地划分为我们
和非我们的美丽皮肤，
因为我们也倦了，不再想单独存在，
一度清晰的自我之爱
忽然变得简单，开阔，
像母亲的手抚平一张床单，
像拓宽的平静水纹，
映照出变暗却依然反光的世界。

以上诗作选自《重力与天使》。

水流

你或许会谈起雪中一只白鸟,
并钻研它数年。
当漆光的木桶破损
水流得到处都是。
水本来就到处是,
还有盐,这符合我的认知
和期望。

衔接的影子,橘色,
来自橘皮;
天空透过母牛臀部绘出。
画家师从一条河,
从眼到手,
大地与思想的颜色一致,
影子也一致。
但落笔仍是

辑九:选自《重力与天使》(1988)与《阿赖耶》(1982)

一场无休止地挣扎,
哪怕他们之中的佼佼者
亦像离开狼藉的战场那样
放下调色盘。
无休止地挣扎只为了看见,
当视觉像水不断
被它漫过的石头割开,恒久奔流,
光似鲑鱼
不停归返,盲目地,溯其源头。

那些中国诗

在那些中国诗里,女人
永远在梳发,
描画她们如柳的细眉,
等待着。

无关乎锦缎
无关乎镶玉镜
无关乎次晨的诗,无关乎希望,
永无休止,一个女人
在等待。

辑九:选自《重力与天使》(1988)与《阿赖耶》(1982)

如盐

轻轻握在你手掌,

我们的生命合成一个流动的机缘。

或霜:

被清晨识破,

在明亮的空气中擦拭,

闪耀。

一切非你所是

一得,一失,
随你怎么说。
光从百叶窗的缝隙
潺潺注入。

这间屋子可以是任意一间,
这些词可以换成任何词。

不可能的事围拢过来
像晨泳时
光滑的湖面:
一切非你所是。

辑九:选自《重力与天使》(1988)与《阿赖耶》(1982)

冬至日,1973

白昼从此拉长。
窗外的雨丝绵绵不断。

我们用同一种声音说了这么久,
让他们如何区分?
一个声音,许多张嘴,
孤单时也身兼数人。

然而当时机成熟,
它在我舌上变暗 & 下雨。

我的睡眠有帆布质地,静候。
你走到街上,
努力讨价还价,
像一枚钉子,把生命深深扎进时间。

我错了：
我们是同一国度的异乡人，
竭力哭泣。

我们研究自己
像研究一本难以破译的书，
终将带着不同意涵离开，
我的朋友。

辑九：选自《重力与天使》(1988)与《阿赖耶》(1982)

以及 / 是的你在田野中

以及

是的你在田野中

必须用麦秆

为我拧一根绳索

为我编筑壁垒

用玉米的苞叶

和蜥蜴留在

泥土中扭曲的

皮蜕是的 & 我

将借给你

多年的水

借给你鱼鳍把它搅成

漩涡以及我反光的

双目那刺痛的白太阳

躲在百叶窗后

噢

是的在这幢隔板房里

凉爽的房间

彼此依靠

像春天篱笆上的木条

　　　　　　　　　　　1971年

以上诗作选自《阿赖耶》。

译后记

简·赫斯菲尔德（Jane Hirshfield）这个名字对国内诗歌读者来说应该早就不陌生了。她的诗论集《九重门：进入诗的心灵》(*Nine Gates: Entering the Mind of Poetry*)和《十扇窗：伟大的诗歌如何改变世界》(*Ten Windows: How Great Poems Transform the World*)在美国出版以来享有广泛好评，近年引进的中文译本反响也很热烈。但在作为一名散文家为人称道之前，简首先是一位诗人。

简·赫斯菲尔德在当代美国诗坛享有很高的声誉，曾担任美国诗人学会理事。她1953年出生于纽约，1973年从普林斯顿大学毕业后到加州修习禅宗，做了八年学徒。这段时间的参禅经验，与她此后的生命轨迹交织在一起，显然构成了她的诗歌和诗学特质。她与人合译的《墨色的月亮：日本宫廷诗人小野小町与和泉式部情诗集》(*The Ink Dark Moon*)也成为当今英语诗人向东方诗学取经的重要译本之一。佛禅思想不仅渗透进简的生活,也渗入了她的写作。她诗中那些从平凡日常提炼出来看似轻盈的冥想,总能恰如其分地压在人心口,时刻提醒着我们与他者休戚相关的联结,与自然界唇齿相依的牵系。她既是理性的,也是抒情的,既是简明的,也是复杂的。

《我只要少许》(*I Wanted Only a Little*)是我个人英译中的第二本诗集,很荣幸,它与我翻译的美国华裔诗人施家彰(Arthur Sze)的《玻璃星座》(*The Glass Constellation*)共同收录在诗人王家新主编的"子午线诗歌译丛"里。简与Arthur本就是故交,而我和我的翻译搭档、美国诗人乔治·欧康奈尔(George O'Connell,中文名乔直)与施家彰的结识也是由她牵引。记忆中我们与简最初的接触,是在我和乔直翻译的《亚特兰大诗刊》2008中国专号(*Atlanta Review* China Issue)在美国发行期间,有一天收到编辑寄来简的评语,表达了她对这些译诗的赞赏之情。待我了解到她极具个性并充满智慧的诗歌创作之后,也开始陆续翻译一些分享给朋友,后来一部分发表在我与乔直创办的双语诗歌网刊 *Pangolin House*(pangolinhouse.com)上。有些事情想起来总觉微妙,当我回顾近年的阅读,依照本心,最有兴趣也最迫切希望将之翻译成自己母语的英语诗作,怎样也绕不过简和Arthur。可以说他们的创作内质有一定相似性，尽管语言风格大不相同，但他们诗中那种由日常事物引发的类似顿悟的省察，以及对人生无常的深切思考，往往使我深受触动。

简的写作大多取材于她周围的事物。她很擅长从不起眼的生活细节里提取哲思，让人在读到之后才恍然惊叹于它的确切和真实，不禁打个激灵。譬如，当她的猫踩翻了她精心摆置的木架，她从猫的反应中读出"猫的法则很简单：从一种排列过渡到另一种"，而人对某类秩序的纠结"太奇怪了"；她从一棵倒下的树，推断造成它垮掉的原因可能仅仅是一滴松脂或一只甲虫的重量；从一块浸泡了海水但晾干后僵硬的布，联想到"疼痛过去了依然滞留在体内"；一只塑料罐上印着"易腐品"的字样让她将目光转向自己的手和脚掌，继而到西红柿和松鸦，或许它们也有限期？然而在面对事物消失的恐惧时，她却突然被"一阵奇异的幸福攫住"，暗示我们肉体虽难免逝去，但刹那之感受可以永恒。

米沃什（Czesław Miłosz）评价赫斯菲尔德的诗"满载对众生苦难的深切同情……她诗中丰沛的感性细节，给予我们佛家正念美德之启迪"。的确，她通过庞贝遗址中发现的熟食铺来想象灾难降临前一刻，那些嘴中还塞着"鱼、蜗牛、羊肉"的普通人的惊惧；从一位站在手推车旁哭泣的僧人，推人及己到"这艰难的大地上有我一席之地";一个女人在机场出口迎接她曾久居之地的飞机,不是因为乘客中有她的熟人,她只是想"嗅入他们衣服上的味道";一位患了阿尔茨海默病的老教授,谈吐一如既往地高贵,像一块基岩,虽然倾斜了,但"它红色和紫色的条痕迹"依旧"绵延"。

她把一些抽象概念与影子、天空、沙砾等因太过平常而往往视而不见之物当作可以交流的对象,用第一人称与它们对谈,易地而处。也将自己的疑惑、知足、自尊等生而为人的体验剖出来变成可与之共舞的纸上对手。她甚至把自己分割成不同时空中的两个,揣摩那份知己知彼的陌生与熟悉。更不要说她诗中大量出现的动物——蚂蚁,老鼠,狗,马,等等,都在她充满人文关怀的凝视下融为我们当中的一个。"马蝇之于马",即"羞耻之于人"。

除了写作,简的另一重身份是环境保护的倡导者,时常奔走各地身体力行。体现在诗里,她会因为报刊上一则关于苔藓的新闻心生忧虑,思忖着"或许我们,也是某种苔藓,/ 进化出我们自作自受的 / 莫哈韦的焦渴"。驾车行驶在高速公路上,她脑中会跳出这样的诗句,"沿着一条海岸线,我们吃俄勒冈森林。/ 沿着另一条,我们吃鳕鱼浅滩和蓝鱼"。从杏仁到兔子,"每当你吃下一样东西,/ 就会有一个未来从未来中消失"。而这一切在《末日加扎勒》中表现得更为沉痛,"鱼群消失了。蜜蜂消失了。蝙蝠变白。北冰洋迸裂……大地踉跄着,在自身之中,在我们之外",乃至死神都"无家可归"。当我询问她最后一节诗中"燃烧者"的含义,她回答说:"作为碳基生物的人类,我们燃烧能量,燃烧化石燃料和森林,也燃烧自己的激情、权力、欲望、爱恨。"所以"燃烧者"在这里替代了诗人的签名。洁西卡·札克(Jessica Zack)评论简的诗篇"是集体失明的解药",可谓一针见血。

此处我想引用简《短句》中的一节诗:

> 光或一块黑布遮住了眼睛——
> 有若干种方式
> 看不见别人的苦难。

狄金森(Emily Dickinson)说"希望是长着羽毛的东西"。简说"希望是我们挈带的最脆弱的爱"。尽管世间纷争不息,"他者之痛"如同美"在远处",但是简通过她对生活的洞察、对生命的哀怜,提供给了我们一双别样的眼睛,教我们从日常庸俗中窥见那些隐藏的美和痛的纹路,如同透过"油漆"辨认出"墙",并同她一起,为"每一次爱的开始和结束"感到惊奇。

简迄今出版的英语诗集有十种,按时间倒序依次为《问:新诗与诗选》(*The Asking: New & Selected Poems 1971—2023*)、《账本》(*Ledger*, 2020)、《美》(*The Beauty*, 2015)、《来吧,小偷》(*Come Thief*, 2011)、《之后》(*After*, 2006)、《加点糖,加点盐》(*Given Sugar, Given Salt*, 2001)、《内心生活》(*The Lives of the Heart*, 1997)、《十月的宫殿》(*The October Palace*, 1994)、《重力与天使》(*Of Gravity & Angels*, 1988)、《阿尔雅》(*Alya*, 1982)——这也是我此次编选考虑的顺序,即从2024年最新出版的《问》中收录的新诗开始,逐步退向她更早的诗作,仿佛一卷电影胶片的缓慢倒放,更能彰显她风格上的渐变与不变,直至最后一首标记为1971年创作的《以及 / 是的你在田野中》,共计选译十部诗集中235首诗,分为九辑,最早两册《重力与天使》及《阿尔雅》在此合为一辑。简鲜少在诗作之后注明写作年份,似乎诗歌一旦写下便是永恒的,除非某诗具有特别含义,比如"9·11恐怖袭击事件"发生后她创作的《死者不要我们死去》,还有上面提到本部诗集的最后一首,因为它代表了简诗歌创作的一个节点。

另外需要说明的是,在《问:新诗与诗选》中,简对以往出版的旧诗做了一点编排上的调整。通观简的诗集,我们会发现一些聚集在一组标题下的"石子诗",

例如《账本》中的"九颗石子"和《来吧，小偷》中的"十五颗石子"——石头是简诗作中经常出现的意象，她把一些灵光乍现的短诗比作可以揣在口袋里反复拨弄的圆石子，顽固，冰凉，却能逐渐变成你手中熟悉的重量（见《穿红衣的女人》）——《问》中，因为简对以往诗集的诗作做了取舍，所以也将一些之前独立的短诗归为"石子诗"，或另起标题收纳在一处，但这并不影响其中每首诗的独立性。又考虑到我编译的是她全部出版诗集的选本，所以在涉及这些诗的标题位置时，我还是按照原本的出版样貌来呈现，保留最初的阅读体验。

最后，我照例要感谢我的搭档、诗人乔直，他在整本诗集的翻译过程中耐心陪伴我细细品读每一首、每一行诗，在我有所疑惑和不确定的时刻，给予我足够踏实或变通的支撑。简的诗歌语言，用卡明斯基（Ilya Kaminsky）的话来形容，是"擅长编排寂静的……同时又保持着完美的明确表达"，而"清晰是我们的终极奥秘"——如此质地，加之偏向日常化的简练且智性的表达，往往需要译者将原文吞纳、反刍，在目标语言中锻造出相似的精练效果，而这样类似"重写式"的翻译有时会落入俗语的陷阱，失掉原文语法上的新鲜感，所以我试图在语言上"剃净"剩余，尽量不让原来的骨架走形。

希望我有限的努力能帮助中文读者看到简·赫斯菲尔德诗篇中透射出的智慧的光亮,以及金子般的人性。

史春波

2024 年 7 月